Michael Shield)

Das Buch

Botho Strauß hat mit ›Besucher‹ ein Meisterstück geschrieben: »Kundig, witzig, gescheit und gefühlvoll. Es ist
herrlich freches Theater«, schreibt die ›Frankfurter Allge-
meine Zeitung‹ über das Stück im Stück, das auf der
Probebühne spielt. Ein großer Mime der alten Schule
probt eine Szene aus einem Stück über einen Molekular-
biologen. Sein Partner, ein junger Schauspieler aus der
DDR, geht ihm mit seiner ungebrochenen Verehrung auf
die Nerven. Beide fallen aus der Rolle und aus ihren
Rollen. Der Regisseur streut Lob in die offenen Wunden:
»Glückwunsch. Ideal.« Und im Hintergrund geht der
Nachtpförtner über die Bühne und unterhält sich über
Walkie-Talkie mit seiner Frau. »Botho Strauß' Stück ist ein
Drama über den modernen Menschen, der die Welt nur
noch fragmentarisch wahrnimmt, als Spiegel seiner selbst.«
(Süddeutsche Zeitung)

Der Autor

Botho Strauß, am 2. Dezember 1944 in Naumburg/Saale
geboren, war Redakteur, Theaterkritiker und später dra-
maturgischer Mitarbeiter an der Schaubühne am Halle-
schen Ufer. Lebt in Berlin. Weitere Werke: ›Marlenes
Schwester‹ (1975), ›Trilogie des Wiedersehens‹ (1976), ›Die
Widmung‹ (1977), ›Groß und klein‹ (1978), ›Rumor‹
(1980), ›Paare, Passanten‹, ›Kalldewey Farce‹ (1981), ›Der
Park‹ (1983), ›Der junge Mann‹ (1984), ›Diese Erinnerung
an einen, der nur einen Ta~ ~~~~~~ (1985), ›Niemand
anderes‹ (1987), ›Die Fren~
der Undeutlichkeit‹ (1989

Die Uraufführung der Komödie ›Besucher‹
fand am 6. Oktober 1988 unter der Regie von
Dieter Dorn an den Münchner Kammerspielen statt.

Botho Strauß:
Besucher
Komödie

Deutscher
Taschenbuch
Verlag

Von Botho Strauß
sind im Deutschen Taschenbuch Verlag erschienen:
Marlenes Schwester (6314)
Die Widmung (10248)
Paare, Passanten (10250)
Kalldewey Farce (10346)
Der Park (10396)
Trilogie des Wiedersehens/Groß und klein (10469)
Rumor (10488)
Die Hypochonder/Bekannte Gesichter, gemischte Gefühle (10549)
Der junge Mann (10774)
Die Fremdenführerin (10943)
Niemand anderes (11236)

Ungekürzte Ausgabe
November 1990
Deutscher Taschenbuch Verlag GmbH & Co. KG,
München
© 1988 Carl Hanser Verlag, München · Wien
ISBN 3-446-15879-0
Umschlaggestaltung: Celestino Piatti
Satz: Dörlemann Satz, Lemförde
Druck und Bindung: Kösel, Kempten
Printed in Germany · ISBN 3-423-11307-3

Maximilian Steinberg, Schauspieler
Karl Joseph, Schauspieler
Edna Gruber, Schauspielerin
Lena, eine reiche junge Frau
Volker, Regisseur
Pförtner
Redakteurin
Die Blinde
Barmann
Fotomodell
Fotograf
Junger Mann
Garderobenfrau
Mann im Foyer
Frau im Foyer
Wurfbudenmann
Max-Double
Mann mit Lautsprecher-Stab
Verschiedene Stimmen

I

Auf der Bühne stehen ungeordnet und zusammenhanglos verschiedene Dekorationsteile, die im Stück gebraucht werden. Vorn ein kleiner Tisch mit Lampe, an dem VOLKER *vor seinem Textbuch sitzt.* KARL JOSEPH *und* MAX *proben ihre erste Szene.*

MAX *tritt hinter dem rechten Portal hervor* Herr Professor Brückner?

KARL JOSEPH Ja – bitte?

MAX Ich weiß nicht, ob Sie sich noch an mich erinnern. Wir sind uns vor Jahren einmal bei den Donders in Marburg begegnet. Sie waren damals so freundlich, meine Frau und mich in Ihrem Wagen mitzunehmen.

KARL JOSEPH So? Ja. Entschuldigen Sie, ich bringe Sie im Augenblick nicht unter.

MAX Aber nein, ich bitte Sie. Sie sind es schließlich, an den man sich erinnert. An mich braucht sich niemand zu erinnern. Nehm's keinem übel.

KARL JOSEPH Was kann ich für Sie tun? . . . Teichmann! Sie sind's! Was zum Teufel suchen Sie hier? *außer der Rolle* Näher! Kannst du nicht zwei Schritte näher kommen? So. Noch einen Schritt. Was willst du? Willst du mir eine Hausratsversicherung verkaufen oder was willst du?

MAX Ich will mich in Erinnerung bringen.

KARL JOSEPH Aha. Dann tu das, mein Junge. Ein Schauspieler sollte genau wissen, was er vorhat, wenn er auftritt. Zeig mir, was du spielen willst.

MAX Er ist schüchtern, der Mann.

KARL JOSEPH Schüchtern? Durchtrieben ist er. Ein Aas, ein Lumpenhund, ein verschlagener Kojote!

MAX Ich weiß nicht . . .

KARL JOSEPH Was ist er, Volker?

VOLKER Schüchtern ... durchtrieben ... kann beides mitschwingen. Vorerst. Tipp es an, Max.

KARL JOSEPH Na dann. Mach's schüchtern und durchtrieben, von mir aus. Von beidem die gleiche Portion. Ich warne Sie: Sie spielen von Anfang an auf einen falschen Schluß zu.
Er dreht sich in die Ausgangsposition, mit dem Rücken zu MAX. *Stampft ungeduldig mit dem Fuß auf.* Na, komm! Komm!

MAX Herr Professor Brückner?

KARL JOSEPH Ja – bitte?

MAX Sie werden sich kaum an mich erinnern – *schnippt mit dem Finger* Text!

VOLKER Ich weiß nicht, ob Sie –

MAX Ich weiß nicht, ob Sie sich noch an mich erinnern können –

KARL JOSEPH Moment. So stehst du nicht vor mir. Nicht vor mir. Wenn du dastehst wie der Eisbär im Nachthemd, mein Junge, wirst du mich kennenlernen.

MAX Ich stehe jetzt im Grunde auch als der arme Teufel da, der ich bin im Stück.

KARL JOSEPH Worum geht's? Was ist deine Aufgabe? Du hast dafür zu sorgen, daß mein Brückner möglichst unnahbar erscheint. Aber wie stehst du da?

MAX Ich stehe noch ganz provisorisch da.

KARL JOSEPH Nicht wahr, ich sage immer, wenn ich einen König spiele, dann geschieht das nicht, indem ich mich besonders königlich gebärde, sondern indem sich die anderen vor mir verbeugen. Ich mache nicht viel, das wirst du schon bemerkt haben.

MAX Ja natürlich. Ich dachte nur, weil es doch später

heißt – an der Stelle, wo Sie sagen: ›Was ist das? Komm
näher ...‹

KARL JOSEPH *spielt die Stelle* Was ist das? Laß sehen!
Komm näher! Ein Mensch? Ich kann ihn nicht erken-
nen ... Was hast du getan, Kanaille? Feiger Bastard.
Stell dich gerade hin! Sieh mir ins Gesicht!   *out ?*

MAX *spielt* Ich kann nicht stehen ...

KARL JOSEPH Dann leg dich auf den Boden. Wälz dich im
Dreck, wo du hingehörst, du Wurm!

VOLKER Glückwunsch. Ideal.

KARL JOSEPH Na ja, so ähnlich. Nicht wahr, was hat der
alte Wohlbrück zu uns gesagt: Kinder, man muß viel im
Laden haben, um es sich leisten zu können, wenig im
Schaufenster zu zeigen. *Refers to himself + to Max*

VOLKER Fangt ihr bitte noch einmal an?

MAX Herr Professor Brückner?

KARL JOSEPH Ja – bitte?

MAX Ich weiß nicht, ob Sie sich noch an mich erinnern
können. Wir sind uns vor Jahren einmal bei den –
Deltas in Marburg begegnet.

VOLKER Donders.

MAX Donders! Verfluchte Firma! Was sind das überhaupt für Idioten? Donders! Gibt's doch gar nicht,
diesen debilen Namen!

KARL JOSEPH Darüber regt er sich nun auf. Jeden Abend,
wenn Sie zur Vorstellung fahren, kommen Sie an einem
großen Laden vorbei, da steht es in fetter Leuchtschrift:
Erwin Bongers, Spirituosen.

VOLKER Donders, Herr Joseph.

KARL JOSEPH Bitte?

VOLKER Donders heißen die Leute im Text.

KARL JOSEPH Bongers, ja, Spirituosen. Das kann er na-

Gespielt ?

türlich nicht behalten. Aus einem ganz begreiflichen Grund. Wegen der Spirituosen. Da hat er etwas zu verdrängen.

MAX Herr Professor Brückner!

KARL JOSEPH Ja – bitte?

MAX Einen Augenblick noch … *Er konzentriert sich.* Herr Professor Brückner?

KARL JOSEPH Ja – bitte?

MAX Ich weiß nicht, ob Sie sich noch an mich erinnern können –

VOLKER Ohne ›können‹.

MAX Wir sind uns vor Jahren einmal bei den Donders Donders Donders in Marburg begegnet. Sie waren damals so freundlich –

VOLKER Auf einer der Werbefeten der Firma …

MAX Ich denke, der Satz ist gestrichen?

VOLKER Entschuldigung. Mein Fehler.

MAX Sie waren damals so freundlich, meine Frau und mich in Ihrem Wagen mitzunehmen.

KARL JOSEPH Nein nein nein. Sie machen etwas grundsätzlich falsch.

MAX Ich komme über diese Stelle nicht hinweg.

VOLKER Es ist der Anfang des Dramas!

MAX Eben. Ich komme nicht rein. Ich krieg die Tür nicht auf. Da liegt aber auch irgendwo ein Stolperstein begraben.

KARL JOSEPH Dann stolpern Sie rein ins Drama. Stolpern Sie einfach drauflos. Stehen Sie nur nicht so schlapp vor meinem Brückner herum. Paß auf: Weißt du, was du spielen willst?

MAX Ja natürlich. Ein Wrack, einen heruntergekommenen Zeitungsmenschen, einen Reporter, vom Suff gezeichnet, einen Menschen, der jeden Verrat begeht, um seine eigne Haut zu retten.

KARL JOSEPH Und was ist daran so schwierig?

MAX Fast alles.

KARL JOSEPH Du stehst dir selbst im Weg. Du atmest nicht richtig. Die Verspannung an deinem Körper ist mit Händen zu greifen. Sie breitet sich aus über die ganze Bühne, ein Riesenknoten, der wächst und wächst und immer größer wird. Hier, das Sonnengeflecht, das ist unser Zentrum. Unser heiliges Organ. Das Zwerchfell, da kommt alles her. Sprechen heißt Ausatmen. Paß auf, ich mach's dir vor. Stell dich dorthin. Dreh dich um. *Die Rolle von* MAX *improvisierend*
Herr Professor Brückner?

MAX Ja – bitte?

KARL JOSEPH Sie werden sich vermutlich nicht an mich erinnern. Wir sind uns vor Jahren bei Familie Bongers in Freiburg begegnet. Auf einem ihrer Gartenfeste. Sie erboten sich damals, meine Frau und mich in Ihrem Wagen mitzunehmen.

MAX So? Ja. Entschuldigen Sie, ich bringe Sie im Augenblick nicht unter –

KARL JOSEPH Macht nichts. Sie sind es, an den man sich erinnert. Weshalb sollte jemand sich meiner erinnern? Nein, ich nehm's keinem übel . . . Merkst du's? Hast du's gemerkt?

MAX Nein . . . ja . . .

KARL JOSEPH Ich komme von links. Herz verdeckt. Ganz einfach. Alte Faustregel. Ich habe mich ein Leben lang daran gehalten. Wenn ich etwas zu verbergen habe, irgend etwas im Schilde führe, komme ich von links: Herzseite verdeckt vorm Publikum. Habe ich dagegen ein aufrichtiges Gefühl mitzuteilen, komme ich von rechts: Herzseite offen zum Publikum. Versuch's mal, du wirst sehen, es hilft.

VOLKER Unbedingt ausprobieren, Max. Du kommst von links. Herr Joseph steht rechts mit dem Rücken zu dir.

MAX Laß mal, ich schaff's schon von rechts. Daran liegt's nicht. Ich habe keine Mühe mit dem Auftritt, wirklich, ich führ nichts im Schilde. Ich schaff es schon. Mir fehlt bloß noch der Schuhlöffel. Ich komm schon rein. Moment. ›Ich weiß nicht, ob Sie sich noch an mich erinnern können . . .‹

VOLKER Nicht ›können‹.

MAX Ich weiß nicht, ob Sie sich noch an mich erinnern. Nein. Gehört mir noch nicht. Ich brauche noch ein bißchen Spielmaterial, Volker, ein paar Puffersätze.

KARL JOSEPH Er nimmt ja meine Ratschläge nicht an.

MAX Ich möchte den Mann nicht gleich ans Messer liefern. Ich möchte ihn undurchsichtig, halbwegs sympathisch lassen, solange es eben geht.

KARL JOSEPH Möchten. Möchten! Spielen Sie's doch. Hier ist das alte Theater. Hier brauchen Sie nichts Fertiges abzuliefern. Lassen Sie's entstehen. Probieren Sie's aus. Zu VOLKER Tun Sie mir die Liebe und scharren Sie nicht unentwegt mit den Füßen unter dem Tisch. Entweder Sie geben uns Anweisungen oder Sie unterdrücken sie – lautlos.

MAX Alle spielen in diesem Stück eine erhöhte, vergrößerte Person. Sie einen berühmten Wissenschaftler, einen Grenzüberschreiter, einen Pionier in seinem Zwielicht; die Kollegin Edna hat ihre pathetischen Arien – nur ich, ich soll genau der Typ sein, der ich bin. Das ist nicht lustig, wissen Sie.

KARL JOSEPH Der Reporter Teichmann ist eine sehr lohnende Aufgabe. Die farbige Nebenrolle. Das Große und das Kleine sind gleich schwer.

MAX Ich sehe sie gar nicht so sehr als Nebenrolle. . *Raus*

KARL JOSEPH Ein Betrunkener auf der Bühne, nicht wahr, das ist eine sehr schwere Aufgabe. Ich erinnere mich genau, der große Werner Krauss sagte mir einmal: ›Wenn du einen Betrunkenen spielst, denk immer an einen Radrennfahrer.‹ Wieso? ›Na, probiers aus, frag nicht, probiers. Du wirst schon sehen.‹ Und tatsächlich zwanzig Jahre später, zwanzig Jahre, und plötzlich hatte ich's begriffen. Das war in ›Eines langen Tages Reise in die Nacht‹. James Tyrone, Sie wissen ja, ständig unter Strom. Und jeden Abend habe ich an den Radrennfahrer gedacht. Ich glaube, wenn ich das sagen darf, ich bin nie präziser gewesen, ich habe nie mit ähnlich gebändigter Kraft meinen Körper geführt. Was habe ich getan? Ich habe selbstverständlich nicht gelallt, ich bin nicht geschwankt wie ein Operettenkomiker. Sondern: Was habe ich getan? Ich habe mir etwas zu häufig am Hosenbein gezupft. Etwas zu häufig mit der Hand das Haar glatt gestrichen. Tja. Das war alles. So jemand versucht ja andauernd irgend etwas an sich in Ordnung zu bringen. Die kaum merklichen Übertreibungen, die winzigen Verzögerungen, die entscheiden über das Schicksal des Betrunkenen auf der Bühne. *Ou f*

MAX Ehrlich gesagt, ich hatte von Anfang an einen ziemlichen Bammel, als ich hörte, ich bin besetzt in dem Stück, in dem Sie bei uns gastieren, ja, doch, ich schwör's Ihnen, ich bekam zeitweilig das große Fracksausen, ich dachte, das schaffst du nie, der drückt dich unters Polster, ich meine, ich hab mich natürlich auch riesig gefreut, daß ich überhaupt soweit komme, hier einmal neben Ihnen zu stehen –

KARL JOSEPH Synchronsprecher.

MAX Ich dachte immer, mein größtes Idol und ich auf derselben Bühne, das übertrifft die kühnsten Erwartungen, ein Wahnsinn ist das. Ich bin eben immer noch viel zu aufgeregt. Sie sind für mich ein Begriff seit meiner Schulzeit drüben, seit ich Westfernsehen kenne. Ihretwegen bin ich überhaupt zum Theater gegangen. Ich muß das jetzt geklärt wissen – haben Sie eben zu mir gesagt: ›Synchronsprecher‹ oder nicht?

KARL JOSEPH Ich habe nichts zu Ihnen gesagt. Wenn ich etwas gesagt habe, dann habe ich allenfalls vor mich hin gebrummt.

MAX Das ist doch ganz egal. Sie haben mich gemeint.

KARL JOSEPH Ich brumme nur für mich.

MAX Ich nehme an, Sie nennen sich nicht selber einen Synchronsprecher.

KARL JOSEPH Sie werden einem alten Mann gestatten, zu seiner Entspannung halblaute Bemerkungen zu machen.

MAX Ich weiß nicht, was raten Sie mir? Soll ich vielleicht frecher auftreten? Sie kennen das, vom Spielfeld ... Dies Brust-an-Brust. Dies Mit-abgestreckten-Armen-die Füße-in-den-Rasen-Stampfen, Nabel an Nabel mit dem Schiedsrichter, der die gelbe Karte hochreißt, und wenn er sich dreht, nicht von ihm lassen, sich straff und geballt mitdrehen, dies Auf-der-obersten-Grenze-des-Erlaubten-Drohen, dieser Tanz des Zorns auf dem Gipfel der Beherrschung –

KARL JOSEPH Du stellst jetzt etwas sehr Unwahrscheinliches dar.

16

MAX Ich habe Kraft genug, um mich für zwei Sekunden neben der Wahrscheinlichkeit aufzuhalten! . . . *Er bricht ab.* Na ja, so ähnlich.

KARL JOSEPH Sie eingefallener Geburtstagskuchen! Wollen Sie mich verhöhnen? Neunzehnmal den Lear gespielt im vergangenen Monat, und nun diese lächerliche Tragödie eines Stümpers! Dafür fehlt mir der Nerv! *Zu* VOLKER Der Junge bekommt die Flügel nicht hoch. Sehen Sie das nicht? Sie blicken dauernd unter sich. Was suchen Sie da unten? Einfälle?

MAX Laß mal. Laß mich nur machen. ›Ich weiß nicht, ob Sie sich noch an mich erinnern –‹

KARL JOSEPH Treten Sie ab! Es wird nichts. Es wird nur schlimmer.

MAX Ich weiß nicht, ob Sie sich noch an mich erinnern –

KARL JOSEPH Aufhören! Schluß! Ich kann es nicht mehr mit ansehen! Lernen Sie einen vernünftigen Beruf!

MAX Ich weiß nicht, ob Sie sich noch – ich schaffe es nicht. Ich schaffe es einfach nicht.

KARL JOSEPH ›Ich schaffe es nicht!‹ Hat der Mensch denn Töne?! Bist du kein Mann? Hast du keinen Mumm in den Knochen?

MAX Vielleicht, wenn Sie einen Tic später reagieren würden –

KARL JOSEPH Ich schlag dich tot, Bursche, ich schlage dich tot –

VOLKER *steht auf.* Herr Joseph!

MAX *nach einem Augenblick der Erstarrung* Huch! Meine Fußspitze läuft mir davon! Meine Schuhspitze! Meine Fußspitze! . . . Haltet sie! Haltet meine Fußspitze!

KARL JOSEPH Soll das komisch sein?

MAX *richtet sich auf.* War immer komisch, ja.

KARL JOSEPH Das war mal komisch. Heute lacht man über was anderes.

MAX Das ist ein Grundscherz der Menschheit.

Er geht zu einem Tisch in der Dekoration, auf dem eine leere Bierflasche steht. Er setzt sie an die Lippen und bläst einen hohlen Ton. Er wirft sich über den Tisch und schluchzt.

KARL JOSEPH Ach Gottchen, der fällt ja sofort auseinander. Der hält aber auch gar nichts aus.

VOLKER Herr Joseph, Sie sind hier ein bewunderter Gast. Ein Weltstar beinah, bei uns zu Besuch. Bitte schön. Aber sind wir hier nicht auch bloß Menschen?

KARL JOSEPH Bin ich in der Jugendherberge? Muß ich mich mit Pfadfindern abgeben?

Er geht zu MAX.

Was ist? Willst du nicht mehr? Ich sage dir ja, du atmest falsch. Du stehst dir selbst im Weg. Daran liegt's. Das ist dein ganzes Malheur.

MAX Schlagen Sie nur. Na los. Schlagen Sie zu.

KARL JOSEPH Laß das Saufen, mein Junge. Konzentrier dich auf deine Arbeit.

MAX Kein Problem.

KARL JOSEPH Wir haben noch eine lange Strecke vor uns –

MAX Man muß sich doch kennenlernen. Man muß sich doch erst einmal kennenlernen.

KARL JOSEPH Ist ja gut. Passiert ganz von selbst, peu à peu.

MAX Sie, der große alte Herr des deutschen Theaters; ich, der ewige DDR-Bürger im Exil. Ich betrete diese Bühne, für mich ist das eine Art neutraler Boden der Nation – und doch ist es Ihr Raum, und doch halten Sie ihn besetzt. Ich habe auf dem Straßenbasar gestanden, als ich von drüben kam, monatelang diesen Billigschmuck verkauft, Elfenbeinzähne für die behaarte Männerbrust, Sie haben Ihr Lebtag auf der Käuferseite gestanden.

KARL JOSEPH Was reden Sie da? Unsereins nun gerade! Als hätten wir uns nicht durch harte Zeiten zwängen müssen!

MAX Im Krieg, ja.

KARL JOSEPH Im Krieg nicht unbedingt. Aber kurz darauf.

MAX Und im Krieg? Was haben Sie im Krieg gemacht?

KARL JOSEPH Im Krieg war ich zu Hause. Im Theater. Ich hatte das Glück, von Goebbels persönlich u.k. gestellt zu werden. Die wollten mich lieber als Helden auf der Bühne haben. Das Theater war ja damals für uns der einzige Ort, wo man sich noch auf irgend etwas verlassen konnte. Nicht wahr, Gründgens hat mir später mal gesagt: Das einzige, was ich im Krieg genau wußte, war, daß auf der Bühne um viertel nach acht die Tür aufging und Marianne im blauen Kleid hereinkam. Tja. So war das ganz allgemein.

MAX Herr Joseph! Sie sind Legende für mich. Mit Ihnen bin ich aufgewachsen. Sie waren mir wichtiger als alle anderen. Warum können wir nicht gemeinsam den Realismus bekämpfen? Wir müssen ein ganz anderes Theater machen. Vom Schauspieler muß etwas ganz Neues, Unbekanntes verlangt werden. Ein neuer Stil, eine neue innere Glaubwürdigkeit. Stanislawski, Fehling, Brecht, die haben das Theater vom Schauspieler her erneuert, haben es von falschen, kranken Konventionen befreit. Wir müssen es von den Übeln des kranken Realismus befreien!

KARL JOSEPH Wir sind doch mehr oder weniger alle Realisten, ob wir es wollen oder nicht. Der Realismus ist auch gar nicht totzukriegen. Und im Grunde, mit Verstand und Feingefühl angewendet, ist und bleibt er die einzig menschliche Methode der Schauspielkunst. Wenn dir damit etwas richtig gelingt, ist es immer doppelt gelungen.

MAX Gehen Sie ins Kino! Sehen Sie dort: die Methode erzeugt Gespenster. Lauter Realismus-Automaten. Nichts als der nervöse Männer-Realismus auf der Leinwand. New Yorker Neuro-Realismus. Bestes Knowhow der Menschendarstellung. Keine Kunst, keine Symbolkraft, kein Stil. Technik, Technik. Alltag, Alltag. Diese Neurotiker zerfetzen die Idee des Schauspielers. Kalte Könner. Ausweglos alle nervös. Leblos, furchtbar, gekonnt. Man muß auf dem Theater etwas ganz anderes dagegensetzen. Was wir brauchen, ist ein neuer Stil, ein Glaube an irgend etwas Großartiges, eine gesteigerte Ausdruckskraft. Was wir brauchen, ist wieder ein revolutionäres Gefühl, eine Aufbruchsstimmung –

KARL JOSEPH Revolutionär? Wohin? Wofür?

MAX Das kann ich noch nicht sagen. Man muß aber bereit sein. Man muß Schneisen schlagen, nicht Girlanden knüpfen. Ich weiß es ganz genau: Wir müssen raus aus diesem goldenen Käfig, wir müssen wieder ins Unbekannte vorstoßen!

KARL JOSEPH Wozu Revolution?

MAX Ich weiß es nicht. Es muß sein.

KARL JOSEPH Sie wissen es nicht, ich weiß es nicht. Machen wir also weiter. Revolution um der Revolution willen, das ist l'art pour l'art. Ich bleibe realistisch, mag kommen, was will. Ich bleibe realistisch, meinetwegen bis sie unten alle eingeschlafen sind. Hier ist das alte Theater, Lieber. Hier zeig uns, was du kannst.

MAX Du bist die Mauer. Nicht das graue schmutzige Ding, das Berlin zerschneidet. Du bist für mich die Mauer, über die ich nicht hinwegkomme. Aber ich bin noch zu jung, um in den Mysterien des Reichtums zu verschwinden, unterzugehen mit dem fetten Totenschädel. Dafür bin ich noch zu jung! Ich, der nicht ganz so große Künstler!

KARL JOSEPH Nicht wahr, die Bühne, das Theater, das waren schon tausend Taten, tausend mehr oder weniger lebensentscheidende Handlungen. Und am Ende hat sich nichts getan. Man hat telefoniert, geliebt und sich verwechselt. Man ist gerannt und hat gewartet. Man hat sich versteckt und sich aufgeplustert. Man hat sein Herz verloren, bekam seinen Schädel gespalten und hat mit verdrehter Zunge gesprochen. Man war eifersüchtig, fromm und rebellisch. Man war der eitle Verführer und der dumme August. Und am Ende? Am Ende ist die Bühne gerade so leer wie am Anfang.

Im Hintergrund geht der Nachtpförtner über die Bühne und unterhält sich über Walkie-Talkie mit seiner Frau.

KARL JOSEPH Was ist denn los? Was ist das für ein Lärm?

VOLKER Moment! Einen Augenblick . . .

Er ruft nach hinten Hallo! . . . Mein Herr! . . . Herr Mensch! Sie da! . . . ja . . . Sind Sie wahnsinnig geworden?

Der Mann bleibt ungerührt mit seinem Apparat in Verbindung, kommt vor und geht wieder nach hinten, während VOLKER *sich vor den Schauspielern großmacht und doch mehr unter sich als gegen den Störenfried schimpft.*

FRAU *über Walkie-Talkie* Ich bin jetzt unten im Foyer. Soll ich dann noch in den Garderoben wischen?

PFÖRTNER Frag mich was Leichteres.

FRAU Weißt du, vorhin in der Schneiderei, da bewegte sich irgendwas zwischen den Ankleidepuppen. Ich hatte das Gefühl, da versteckt sich wer.

PFÖRTNER In der Schneiderei ist jetzt niemand.

FRAU Doch. Irgendwas war.

PFÖRTNER Poltergeister.

FRAU Du hast mir doch von den blinden Besuchern erzählt, die sich zwischen den Kostümen verstecken, und plötzlich stehen sie abends mit auf der Bühne.

PFÖRTNER Das hast du geträumt.

FRAU Du hast es mir selbst erzählt!

PFÖRTNER Was machst du nun mit den Garderoben?

FRAU Ich lasse sie so wie sie sind.

PFÖRTNER Vergiß nicht, in der Halle das Geländer zu putzen . . .

VOLKER Was fällt Ihnen ein? Was haben Sie hier auf der Bühne verloren? Sind Sie Nachtpförtner oder Nachtwandler? Sie strolchen in eine Probe hinein! Wie lange sind Sie schon beim Theater? Wissen Sie, was eine Probe ist? Wir arbeiten hier, Sie absurdes Geschöpf! Komme ich etwa zu Ihnen in die Pförtnerloge und störe Sie beim Fernsehen? Na also. Verschwinden Sie! Kein Wort. Schweigen. Vollkommene Stille. Ruhe!

Dunkel

Dieselbe Bühne. Bei MAX *zuhause. Er sieht sich ein Video mit Werner Finck an.* LENA *tritt neben ihn.*

MAX *trinkt.* Werner Finck, siehst du, das war einer!

LENA Du bist Schauspieler, Max. Warum studierst du unentwegt an den alten Kabarettisten herum?

MAX *schnalzt mit dem Finger.* Jetzt! ... Da! ... Na, komm! ... Jaa! Ist der gut. Au warte, ist der gut! Die ganz kleinen Aufsetzer, du denkst, er schiebt's weg, er stottert dran vorbei, und dann tack tack tack sitzt es und das nächste und noch eins nebendran, und immer diesen da: ›Äh-äh-äh‹. Hohe Schule, ich sage dir, allererste Klasse. *Er trinkt.*
Ja. Ich bin ein schlechter Schauspieler. Wäre aber ein guter Kabarettist gewesen. Ein Entertainer. Ein Improvisationstalent. Einer mit etwas mehr im Köpfchen. Und einem kleinen Zungenfehler.

LENA Laß es, Max. Laß es gut sein. Du wirst noch schlecht, wenn du's dir selber dauernd einredest.

MAX Du hältst mich also für einen großen Schauspieler?

LENA Was willst du? Ein Wunder sein? Du hast deine Eigenart. Das ist viel wichtiger. Sei zufrieden mit dem, was du kannst. Und was sonst keiner so gut kann wie du.

MAX Lena! Stell die Flasche dort in die Mitte des Raums. Ganz allein und pfeilgerade soll sie dort stehen. Weit weg. In der Eiseskälte. In der Mitte des Raums. Dieses Tier! Diese gläserne Kobra!

LENA *stellt die Flasche weg.* Sie ist fast leer ...

MAX Natürlich habe ich recht gegen diese Nüchternheitsfanatiker, diese kalten Könner. Der Erfolg hat sie alle zu Zombies gemacht. Wo sie gehen und stehen, wieder-

holen sie sich. Ein Schein, ein Aberwitz. Gesättigte
Köpfe. Werden von Tag zu Tag gesättigter. Nicht einer
sucht noch den Übergang, nicht einer das große Unbekannte ... Lena! Ich kann nicht mehr ertragen, ohne
dich zu sein. Weiß du, was in mir vorgeht? Ahnst du
es? Ich schaffe es nicht, es ist zu schwer, ich krieg die
Tür nicht auf.

LENA Jedesmal, wenn du mich ansprichst, fragst du nach
dir. ›Wer bin ich?‹ ›Was kann ich?‹ ›Warum bin ich
nicht ein anderer?‹ So fragst du mich.

MAX Du hast mir kein Glück gebracht, Lena. Du gehörst
auch zu den Reichen. Brauchst nichts zu tun. Lebst von
den Weinbergen und den Waschstraßen deiner Familie.
Und ich leb mit. Man kann nicht können, wenn man
nicht muß. Der Künstler braucht den Widerstand, das
äußere Minus, um sich aufzurichten. Ich muß mich
gegen deine Versöhnlichkeit auflehnen. Deine uner-
schöpfliche Geduld. Dein Verständnis verschlingt mich.
Alles ist größer als ich. Nur das Theater hat mich daran
gehindert, ein guter Schauspieler zu werden.
Er geht zur Flasche.

LENA Du trinkst zuviel.

MAX Ja, ja, ich trinke zuviel. Aber eben auch gerne.
Er trinkt.
Weißt du, Theatermenschen – fahrendes Volk, Abend
der Gaukler – moralisch gesehen: eine Bande von Krüp-
peln. Uraltes Klischee, weiß ich. Aber ich füge hinzu:
es stimmt. Genauso ist es, haarklein, wie es im Bu-
che steht. Nicht weil sie sich außergewöhnlichen oder
außergewöhnlich vielen Ausschweifungen hingäben.
Darin mag sie heute jeder Versicherungsagent übertref-
fen. Sondern weil sie keinen Charakter besitzen. Ihre

Amoralität besteht darin, daß sie den anderen Menschen, berufsbedingt, nicht ernstnehmen. Es sei denn, er besäße Macht, Ruhm, öffentliches Ansehen. In keiner Zunft wirst du auf engstem Raum so viele finden, die sich das Maul zerreißen über ihresgleichen, so viele mißgünstige, kleinmütige, schäbige Naturen. Wahrscheinlich ist jeder andere Mensch, um seine Charakterfehler zu verbergen, ein sehr viel besserer Schauspieler als ein Schauspieler. Der läßt sich gehen, wo er nur kann. Nimm einen Mann wie Volker. Vom Ehrgeiz zerfressen, hat alles, Jaguar, Haus auf den Azoren, Frau und Freundin, mit 31 ist er Oberspielleiter. Hat alles, nur kein Talent. Verrät, betrügt, umschmeichelt, läßt fallen, wie er's gerade braucht –

LENA Schimpf nicht über einen Menschen, mit dem du dich morgen wieder gut verträgst.

MAX Laß mich schimpfen! Alle Menschen sind zweierlei und ich auch.

Er holt einen Brief aus der Hosentasche.

Sieh dir das an. Sie laden mich zu einer Diskussion im Fernsehen. Ein untrüglicher Beweis für die überragende Bedeutung meiner Person. Worum geht's? Der Videoschock. Achte Runde. Der Schauspieler – ein Beruf mit Zukunft. Fragezeichen. Alle Kanäle brauchen Schauspieler. Versteht sich. Die eine Hälfte der Welt wird Schauspieler sein, die andere Zuschauer.

LENA Laß den Spott. Das ist doch erst einmal ein Grund zur Freude. Wer sind die anderen Teilnehmer?

MAX Ewald Balser, Hans Söhnker, Oskar Werner, Elisabeth Flickenschildt. Lauter Tote.

LENA Hör auf. Du freust dich, ich seh's ja.

MAX O ja, ich freue mich. Man hat mich nicht vergessen,

wenn unter Toten diskutiert werden soll. Was glaubst du: Wie sind die auf mich gekommen?

LENA Sehr einfach. Die brauchen auch die Ansichten eines ganz normalen Schauspielers, der intelligent genug ist, der seine Erfahrungen von drüben mitbringt –

MAX Behandelst du mich eigentlich so gut, damit du mich schließlich um so sicherer reinlegen kannst – oder ist das an sich gut gemeint?

LENA Du gehst zum Quälen über. Frag nicht weiter.

MAX Man wird einmal beweisen können, daß aller Zusammenhalt unter Menschen allein durch die Kraft der Infamie gewährleistet wird. Man wird die verschlungenen Wege durchleuchten, die subtilen Umwege, auf denen ein Mensch zum Unmenschen wird: Wie kommen die auf mich?! Das muß einem erst einmal einfallen! Bloß um einen Blick in den Abgrund der Durchschnittlichkeit zu werfen – bloß um endlich den lang erwarteten Herrn Niemand einem Millionenpublikum vorzuführen. Das lasse ich mit mir nicht machen.

LENA Du wirst dorthin gehen. Da sind deine umstürzenden Entwicklungen, über die endlich gesprochen wird. Du kannst unzähligen Menschen deine Auffassungen nahebringen. Du hast lange genug darüber nachgedacht. Und du denkst gut.

MAX Ich denke? Nicht daß ich wüßte. Jedes Damenknie denkt besser als ich. Unnachsichtig lobst du meine Schwächen – nachdenken! – unterstützt, förderst meine Schwächen, damit ich getrost schwach und schwächer werde.

Er stolpert über die leere Flasche.

Da: die umstürzende Entwicklung. Das ist der Umsturz von Kindesbeinen an: Umsturz der Flasche.

Komm, laß uns fortgehen. Hier ist kein Leben mehr. Laß uns was trinken gehen.

LENA Wenn du weiter trinkst, wird es nur düster, Max.

MAX Nein. Bestimmt nicht. Es wird hell, immer heller um uns beide. Komm, laß uns was trinken. Wir könnten so fröhlich sein miteinander. Ich habe die schönste und beste Frau, die ein Mann nur haben kann. Ich schäme mich so, daß ich dir nicht genug von meiner Freude zeigen kann.

LENA Ich könnte alles sehr gut ertragen. Sogar deine Verdächtigungen und Verletzungen –
Wann endlich die drei wenigen Worte? Wie lange noch dieser Zustand der nie erklärten Liebe? Die drei wenigen Worte, Max.

MAX Wie steht es geschrieben bei Jeremias: Ich will meine Freundin in die Wüste führen und will ihr in ihr Herz sprechen!

Dunkel

Probe. VOLKER *an seinem Tisch.* MAX *immer nah bei* KARL JOSEPH. *Sie sitzen zeitweilig auf einem großen Koffer oder einem Podestrand nebeneinander.*

MAX Aber Ludwig Berger, mit dem Sie damals im selben Hotel wohnten, hat doch eines Morgens zu Ihnen gesagt: ›Achtung, lieber Karl Joseph, passen Sie auf, daß Sie nicht in das falsche politische Fahrwasser geraten!‹

KARL JOSEPH Nur weil Sie so ein übertriebenes Interesse an mir haben, merken Sie sich jede Nichtigkeit, die ich irgendwann erzähle. Man kann Ihnen gegenüber nichts beiläufig erwähnen, ohne auf das pedantischste daran erinnert zu werden. Das ist sehr beengend, wissen Sie.

MAX Ich habe Sie doch lieb. Es tut mir weh, wenn andere Leute ein Fragezeichen hinter Sie setzen.

KARL JOSEPH Das ist nun über fünfzig Jahre her!

MAX Mir ist, als wäre es gestern gewesen.

KARL JOSEPH Gestern, Steinberg! Gestern habe ich's Ihnen erzählt. In einem ganz anderen Zusammenhang.

Er steht auf.

Wo bleibt sie denn? Zwölf Uhr dreißig.

VOLKER Müßte eigentlich jeden Augenblick erscheinen. Sie lebt draußen auf dem Land. Mit lauter Tieren. Sie wissen ja: ein Problem. Seit sechs, sieben Jahren hat sie nicht am Theater gearbeitet.

KARL JOSEPH Ach was. Alles Legende. Ich habe sie erst kürzlich gesehen. Aber ja, in Stuttgart, glauben Sie's mir. Schmale Hüfte, nicht wahr, kleine Brüste, lange Beine. Das Stück hieß – warten Sie, es hieß so etwa wie: ›Erklär dich, Alphonsine!‹ Ausrufezeichen. Oder: ›Aline‹? Na egal. Einpersonenstück. Da trat sie auf, nur mit einem leichtem Morgenrock bekleidet, und redete drauflos. Redete und redete. Ohne Punkt und Komma. Zwei Stunden ohne Pause.

VOLKER Nein, ich glaube, soweit ich weiß, war das jemand anderes.

KARL JOSEPH So? Na! Jedenfalls ein begabtes Luder. Quasselte sich die Seele aus dem Rachen. Macht man ja gern heute. Monologe. Alles heraushängen lassen. Den ganzen Seelenkübel auskippen. Die Menschen haben ja generell die Kunst des Lügens verlernt.

MAX Jawohl. Es lebe die Lüge! Schluß mit der erschöpften Aufrichtigkeit! Lügen, lügen und nochmals lügen. Hoch lebe die Prahlerei! Tod den Geständnissen!

KARL JOSEPH Was man braucht zum Leben, findet man stets besser in anderer Leute Biographie. Man kann sich's dort ausleihen. Kommt bedeutend billiger. Edna Gruber?

VOLKER Ja, so heißt die Kollegin.

KARL JOSEPH Wenn ich mich nicht sehr täusche, war die eine Zeitlang mit dem Alexander von Syde zusammen.

MAX Oh, sie hatte bestimmt viele Affären, bevor sie sich endgültig den Tieren zuwandte.

KARL JOSEPH Den hat sie jedenfalls auf dem Gewissen, Freund Alex. Kannten Sie ihn? Ein großartiger Schauspieler. Ein liebenswürdiger Kollege. Wir waren beide beim Nachkriegs-Hilpert in Göttingen. Ich habe ihm praktisch alle großen Rollen weggespielt. Als der, der ich nun einmal bin, hatte ich dafür zu sorgen, daß das Haus jeden Abend voll war. So war das nun mal. Edna Gruber. Das muß dann doch später gewesen sein. Siebzig, zweiundsiebzig, da trat sie in sein Leben. Hübsches Mädchen. Hat ihn ruiniert. Über die ist er nicht hinweggekommen. Erst Suff, dann Unfall, aus.

VOLKER Ich glaube, das war sie aber nicht. Entschuldigung, Sie verwechseln da jemanden. Ich möchte fast sagen, ich weiß es hundertprozentig.

KARL JOSEPH Sie schmunzeln, als wüßten Sie's verdächtig genau.

VOLKER Nein – ich weiß nur, wen Sie meinen. Ich kenne zufällig die Person, die Sie meinen.

KARL JOSEPH Ach, lassen Sie's gut sein. Schließlich und endlich ganz egal. Eines steht fest: Ein Künstler sollte niemals eine Frau heiraten, die seine ganze Leidenschaft ausfüllt.

MAX Kein Mann darf – keiner kann eine Frau heiraten, die seine ganze Leidenschaft ausfüllt. Das ist die bittersüße Wahrheit, Herr Joseph.

KARL JOSEPH Jede Frau, lieber Schwarzberg, ist immer nur eine Möglichkeit des Mannes.

MAX Jede Frau ist für einen Mann eben letztlich nur eine Frau.

KARL JOSEPH Wie meinen Sie das?

MAX Ich will es Ihnen gern erläutern, Herr Klaus.

KARL JOSEPH Ich heiße Joseph. Achten Sie darauf. Ich fühle mich sonst nicht angesprochen.

MAX Sie sind Herr Joseph. Ich bin Maximilian Steinberg, ich meine –!

KARL JOSEPH Habe ich Sie etwa anders angesprochen?

MAX Schwamm drüber. Ich habe Sie jedenfalls nie versehentlich Herr Klaus genannt.

KARL JOSEPH Das beruhigt mich. Ich dachte schon, irgend etwas an mir erinnert Sie an den berühmten – oder sagen wir: namhaften Hans-Heinz Klaus.

MAX Haben Sie denn Ähnlichkeit mit dem großen Klaus?

KARL JOSEPH Ach was, er ist eben auch nur ein bekannter Name.

MAX Ein wunderbarer Schauspieler!

KARL JOSEPH Weiß ich nicht. Könnte es vielleicht sein. Macht zuviel.

MAX Das finde ich eben auch so aufregend an ihm –

KARL JOSEPH Ein Held der Fernsehserien!

MAX Aber eben ein Held.

KARL JOSEPH Und Sie sind genau das, wofür ich Sie vom ersten Augenblick an gehalten habe: ein völlig unbedeutendes Hascherl.

MAX Volker! Hast du gehört? Das trifft! Ich leg ihn herein, und er macht mich herunter. Tu etwas, laß uns hier nicht hängen. Er erschlägt mich noch.

KARL JOSEPH Mit der Narrenpritsche gehörst du erschlagen, du Kasper.

MAX Das ist fast schon wie bei David und Joseph, was wir beide hier treiben.

KARL JOSEPH David und Goliath, meinst du.

MAX Ach, Herr Joseph, Sie sehen doch selbst, daß ich einen schier ausweglosen Kampf gegen die eigene Schwäche führe.

KARL JOSEPH Ja, hab nur Köpfchen. Hab's nur da oben. Das hilft dir gar nichts. Lern erst einmal, mit zwei geraden Beinen auf der Bühne zu stehen!

MAX Aber Gründgens zum Beispiel hatte auch zwei gerade Beine und war trotzdem ein intelligenter Mensch.

KARL JOSEPH Gründgens? Lieber Gott! Da hätte es jemanden wie dich nicht gegeben, Freundchen. Ich schwör's dir. Da wärst du nicht vorgekommen. *Laut* Menschenskind! Was glaubst du eigentlich, wer du bist?!

MAX Tja, da tappe ich selbst im dunkeln.

Im Hintergrund, auf einem kleinen mit Plane überzogenem Gerümpelhügel erscheint EDNA GRUBER.

EDNA GRUBER Huh! Hier wird geschrien! Ich gehe wieder . . . *Sie verschwindet.*

VOLKER Edna! Bitte, komm her! Wir warten auf dich!

MAX Sie haben sie verscheucht mit Ihrem Gebrüll, sehen Sie.

VOLKER Können Sie die Fabel des Stücks erzählen, Herr Joseph? Haben Sie gelernt, die Fabel des Stücks zu erzählen? Man muß doch sehen, was sagt die Fabel? . . .

KARL JOSEPH Was ist los mit Ihnen? Sind Sie nicht bei Trost?

EDNA GRUBER *schlüpft aus der Nullgasse auf die Bühne. Sie hat ein Döschen mit Kampfersalbe und streicht, während sie sich vorstellt, den beiden Männern eine Fingerspitze an die Schläfe.*

EDNA GRUBER *zu* KARL JOSEPH Edna ... Einen Tupfer Kampfersalbe? Es befreit die Stirn. Es erfrischt. Es riecht gut ... *Sie geht zu* MAX. Edna ... Wir haben uns irgendwo schon gesehen, ich kenne Sie. Einen Tupfer Kampfersalbe? Sie sind aber kein Vegetarier, nein? Sie essen zuviel Fleisch. Man riecht es. *Sie geht zu* VOLKER, *umarmt ihn.* Volker, mein Herz – au! Paß auf, der Daumen. *Sie zeigt ihren Daumen in einer schwarzen Lederhülle.* Julius, mein Wallach, hat mich gebissen. Er ist noch so schrecklich ungezogen. Jedesmal, wenn ich ihn an die Longe nehme, macht er mir eine Szene. Huuh! Wie kalt ist es hier! Ich friere, ich friere ... Steht hier irgendwo eine Tür auf? ... Das haben Sie vielleicht gelesen, daß der russische Dichter Gogol jahrelang durch ganz Europa gereist ist, von Arzt zu Arzt, ruhelos! Und immerzu hat er geklagt: Mich friert! Mich friert! Helfen Sie mir doch! – Er kannte keine menschliche Wärme. Es heißt ja auch, er habe nicht ein einziges Mal in seinem Leben eine Frau berührt.

KARL JOSEPH Sie leben also draußen auf dem Land. Mit vielen Tieren, in gesunder Luft –

EDNA GRUBER Was reden Sie da? Ich lebe in der gleichen Hölle wie Sie. Zehn kleine Negerlein. Hundert kleine Negerlein. Tausend kleine Negerlein. Sie kennen den Rest, Sie kennen die tägliche Tragödie. *Sie geht auf ihn zu.* Sie sind also unser Professor Brückner. Mein Vater. Mein schwieriger, lieber, trauriger Vater. Sie waren ein-

mal mein Schwarm, wissen Sie das? Lang ist's her, da
hatte ich Sie über meinem Jungmädchenbett hängen.
Was muß das für ein Kerl sein! Wenn ich doch einmal
mit ihm eine Schokolade trinken dürfte! Ein Held, ein
so wunderschöner Held!

KARL JOSEPH Tja, gnädige Frau, dafür sind wir uns leider
ein bißchen zu spät begegnet.

EDNA GRUBER Ach, ich habe andere gekannt. Was tun
Helden? Helden sind große Schnarcher in der Nacht.
Sie wendet sich MAX *zu.* Und Sie? Meine große un-
glückliche Liebe, ja? Mein süßer Verräter, mein herun-
tergekommenes Genie. Sagen Sie mir, weshalb sind Sie
bloß ein solches Scheusal in dem Stück?

MAX Ich möchte einen Menschen zeigen, den Sie einmal
sehr verletzt haben. Sie sind es, diese Sonja, an der er
unheilbar erkrankte. Sie hat ihn erniedrigt und schließlich abgewiesen. Daran ist sein Charakter zerbrochen.

EDNA GRUBER Er ist ein außergewöhnlich liebesfähiger
Mann, finden Sie nicht?

MAX Ja. Er war es zumindest. Er war es bis zum Augenblick der großen Enttäuschung.

EDNA GRUBER ›Wie stark du damals warst! Wie stolz
und unbeherrscht!‹

MAX Ja, das sagt sie einmal.

EDNA GRUBER Und was sagen Sie darauf?

MAX Ich sage an dieser Stelle – warten Sie – es heißt da
ungefähr: ›ja als unsere Zukunft noch frei war, wild und
unberührt, und aller Mut stieg aus einer tiefen Unbeson-
nenheit, die in uns niemals sterben, niemals zerstört
werden darf‹ –

EDNA GRUBER Wie gern werde ich es hören aus deinem
Mund! Wie freue ich mich auf diese Stelle!

MAX Ja, und dann sagt er noch –

EDNA GRUBER Psst! Ich will es nicht so genau wissen. Nicht bis in alle Einzelheiten . . . *Sie nimmt ihn beiseite; ernst* Du hast in der Liebe noch einen Versuch frei. Scheiterst du, bleibt dein Herz kalt für immer. → p. 55

MAX Sagt sie das?

EDNA GRUBER (Ich) sage es dir. Ich! Psst! Kein Wort. Es ist ein Wahrspruch. Du kannst ihm nicht ausweichen. *Sie wendet sich ab.* Volker! Du hast mich aufs Theater zurückgejagt, der Bock hat die Ricke aus dem Bett gesprengt – jetzt sieh zu, wie du fertig wirst mit mir. Bitte! Da habt ihr mich. Was wollt ihr? Die mausgraue Professorentochter, das stille alte Kind, verhärmt, geduckt und mißgelaunt . . . *Sie verwandelt sich und spielt* KARL JOSEPH *an.* ›Vater, was tust du selbst? Du machst keinen Finger krumm, damit endlich Klarheit in diese unsägliche Affäre kommt. Du vergräbst dich hinter deinen Büchern, klagst mir die Ohren voll und wartest darauf, daß eines Tages ein Himmelsbote erscheint und deine Ehre wiederherstellt‹ . . . Oder darf's etwas resoluter sein? Soll ich ihm ein bißchen Feuer unter den Hintern setzen? . . . ›Vater! Was tust du selbst . . .‹

Sie spricht denselben Text in größerem Ton.

VOLKER Sehr schön. Attacca! → p. 42

KARL JOSEPH *als Brückner* Ich weiß nicht, ob du dich wirklich in meine Lage versetzen kannst, mein Kleines. Gestern noch stand der Genetiker Professor Rudolf Brückner ganz oben auf der Liste der Nobelpreiskandidaten – es hätte dir bestimmt gefallen, an der Seite deines Vaters dieser Ehrung beizuwohnen, die jedes Forscherleben krönt – gestern noch! Und heute darf dieser selbe

Mann mit allen seinen Verdiensten ungestraft ein Betrüger, ein Fälscher genannt werden.

EDNA GRUBER Ich glaube an dich, Vater. Ich bin fest überzeugt von deiner Unschuld. Ich zweifle nicht daran, daß du das Opfer einer Intrige wurdest. Ich weiß, daß es genügend Leute gibt, die auf deinem Sturz ihre Karriere aufbauen wollen. Wenn ich nicht so dächte, könnte ich keine Stunde länger um dich sein und soviel Kummer und Unleidlichkeit ertragen Tag für Tag.

KARL JOSEPH Im Grunde eine etwas sonderbare Argumentation, der du da folgst, mein Kind. Schließlich bin ich dein Vater. Und gesetzt den Fall, man überführte mich tatsächlichen Betrugs, die Riesenkröte aus geklonter Zelle hätte niemals existiert, die Laborprotokolle samt und sonders meine Fälschung, wär ich's nicht immer noch, dein Vater? Und dann, wenn ich zum Schluß nicht anders könnte, als vor dich treten und bekennen: Sieh her, jawohl, ich habe es getan, nun frag nicht weiter – ich bliebe trotz alledem dein Vater, nicht wahr?

VOLKER Ohne ›nicht wahr‹.

KARL JOSEPH Nein, nein. Es versteht sich doch von selbst, daß ich in dir und vor dir als gerechtfertigt dastehe. Ohne jeden Schatten eines Verdachts. Du bist meine Tochter. Mein eigen Fleisch und Blut. Glaubst du, ein Schurke hätte dich großgezogen und liebte dich so?

EDNA GRUBER Warum sollten Schurken und Betrüger nicht zärtlich sein zu ihrem eigenen Kind?

MAX *neben dem Regietisch* Sie ist wunderbar. Ich liebe sie.

VOLKER Herr Joseph, einen Augenblick! Vielleicht könnten Sie es einen Tic leichter ansetzen, eine Spur argloser: ›Glaubst du, ein Schurke hätte dich großgezogen und liebte dich so?‹ Sie geben es ein, Edna gibt es aus. Ganz leicht. Input, output.

EDNA GRUBER Putt putt putt mein Hühnchen/Putt putt putt mein Hahn . . .

VOLKER Du auch bitte, ganz leicht. Sie darf sich an dieser Stelle nicht aufreißen, keine Blöße geben.

EDNA GRUBER Aber Herz, weißt du, ich werde mir jede erdenkliche Blöße geben . . .

VOLKER Bitte sehr! ›Ohne jeden Schatten eines Verdachts . . .‹

KARL JOSEPH Nein, nein. Es versteht sich doch von selbst, daß ich in dir und vor dir als gerechtfertigt dastehe. Ohne jeden Schatten eines Verdachts. Du bist meine Tochter. Mein eigen Fleisch und Blut. Glaubst du, ein Schurke hätte dich großgezogen und liebte dich so?

VOLKER Glückwunsch. Ideal.

EDNA GRUBER *außer der Rolle* Nein. Unmöglich. Ich kann das nicht spielen. Unmöglich. Vollkommen ausgeschlossen. Ich kann in diesem Stück nicht auftreten. Ich spiele eine Frau, die Tierexperimente verteidigt – zumindest nicht verurteilt. Ich spiele eine solche Frau nicht. Ich kann das nicht vertreten, was ich da zu sagen habe.

KARL JOSEPH Aber gnädige Frau, Sie kannten doch das Stück, bevor Sie zusagten.

EDNA GRUBER In diesem Moment – plötzlich – fällt es mir wie Schuppen von den Augen: die Riesenkröte. Wissen Sie überhaupt, wovon wir reden im Stück? Meines Wissens handelt es sich um Experimente am Krötenembryo. Was für eine Ungeheuerlichkeit!

KARL JOSEPH Spielen Sie es kritisch. Stellen Sie es aus. Oder zur Diskussion. Oder wie sagt man da?

EDNA GRUBER Ich spiele niemals ›kritisch‹! Abgesehen davon, Sie sehen doch, wie sentimental ich sein muß in dieser Rolle. Bleibt doch nichts übrig von dieser Sonja, wenn ich mich nicht mit Haut und Haaren auf sie einlasse. Ihnen macht das wohl nichts, wie? Krötenklonen?

KARL JOSEPH Ach Gott, das Stück ist ein Reißer. Da muß man nicht alles so bierernst nehmen.

EDNA GRUBER Unglaublich seid ihr. Verdorben. Restlos verdorben.

VOLKER Aber Edna, es handelt sich wirklich nur um ganz ordinäre Kröten.

EDNA GRUBER Nur?! Sind Kröten etwa keine Lebewesen?

MAX Unter Umständen steckt sogar ein hübscher Prinz in ihnen.

KARL JOSEPH Dazu muß man sie erst einmal an die Wand werfen. Letztlich auch ein Tierexperiment. Man klatscht die Kröte gegen den Stein und heraus kommt ein junger Edelmann.

EDNA GRUBER Im Märchen! Im Märchen! . . . Mein Gott! Was für eine Rohheit!

KARL JOSEPH Wir spielen das Stück ja doch als eine Art modernes Märchen.

EDNA GRUBER Sie, Brückner, haben die Riesenkröte gezüchtet. Das ist kein Märchen. Das ist Gentechnologie. So nennt man das. Etwas Schlimmeres gibt es gar nicht.

KARL JOSEPH Sind Sie sicher? Ich habe nämlich wiederholt gelesen, daß wir gegen bösartige Virenerkrankungen völlig machtlos wären ohne den Einsatz von gentechnischen Abwehrstoffen.

EDNA GRUBER Woher kommen denn die bösen Viren?

Die sind ja überhaupt erst von dieser Technik künstlich in die Welt gesetzt worden. Das ist doch die Wahrheit.

KARL JOSEPH So? Ja, man muß schon zugeben, die moderne Wissenschaft grenzt mitunter an Bereiche, die ins Phantastische führen.

EDNA GRUBER Ans Grausame, Abscheuliche – an den Unmenschen grenzt sie.

KARL JOSEPH Na dann. Lassen wir es sein. Gehen wir eben alle nach Hause.

EDNA GRUBER Der moderne Mensch ist weitgehend verdorben. Er ist sogar verloren, wenn er seinen Geist nicht von Grund auf reinigt. Sein Geist ist ein Tummelplatz der Archonten. Ein Madensack ist sein Geist. Norea, die Tochter von Adam und Eva, verlangte Einlaß in Noahs Arche. Aber er wurde ihr verweigert, worauf sie die Arche durch ihren Hauch verbrannte. Durch ihren reinen Hauch! Und Noah mußte eine neue bauen und viel mehr Tiere mitnehmen – auch Kröten! Auch Pflanzen, denn Pflanzen sind die lichthaltigsten Geschöpfe der Erde, vor allem Gurken, Melonen und Weizenkeim. Deshalb wird Norea genannt: die Helferin aller Menschengeschlechter. Also gut. Ich spiele. Und sammle nach jeder Vorstellung persönlich im Foyer für die Tierhilfe.

VOLKER Können wir bitte weitermachen?

EDNA GRUBER Warum sollten Schurken und Betrüger nicht zärtlich sein zu ihrem eigenen Kind?

MAX *für sich* Ich liebe sie. Ich liebe sie.

Dunkel

II

Im Hintergrund eine Tür mit roter Lampe: ›Achtung! Sendung!‹ Daneben sitzt LENA *vor einem Monitor. Eine junge* REDAKTEURIN *tritt zu ihr, sieht mit auf den Bildschirm.*

REDAKTEURIN Sehen Sie das? Der Kerl ist voll wie eine Natter . . . Scheiße. Das geht auf mich nieder. Ich habe das vermasselt. Ein Glück, die halten ihn scharf raus mit der Kamera. Aber der quasselt dauernd im off dazwischen!

LENA Er sagt doch lauter Wahrheiten! Er hat recht. Er bringt die besseren Argumente. Warum läßt man ihn nicht ins Bild?

REDAKTEURIN Daß mir das passieren mußte! Ich bin noch ganz neu hier in dem Laden. Ich wollte natürlich den Regisseur, Axel Steinberg, den wollte ich. Der da heißt Maximilian Steinberg, dieser Idiot.

LENA Ich weiß. Ich lebe mit ihm.

REDAKTEURIN Was? Na, ich gratuliere. Warum haben Sie ihn nicht zurückgehalten? Der gehört doch nicht vor eine Kamera in dem Zustand, was haben Sie mir da eingebrockt!? So! Schluß! Sie haben abgebrochen. Das wird ein Skandal. Den überleb ich nicht, ich weiß es, die werden mich lynchen . . . *Sie geht ab. Die Lampe über der Tür erlischt.* MAX *kommt heraus.*

MAX Na? Wie war's? Hast du alles gesehen?

LENA Du warst großartig.

MAX Ja. Ich habe mich ziemlich zusammengenommen. Ich bin wahrscheinlich noch ganz rot im Gesicht.

LENA Eine Schlacht war's, ein richtiges Gemetzel.

MAX Ich habe ziemlich geladen, weißt du. Ich war ein bißchen aufgeregt vorher. Ist mir auch prompt was schiefgelaufen, als ich nämlich sagte: Es gibt heute keinen Napoleon mehr unter den Schauspielern –

LENA Du warst großartig. Ich liebe dich.

MAX Was ist denn los? Diese Geistermimen gehen alle an mir vorbei, ohne auf Wiedersehen zu sagen. He! Auf Wiedersehen!

LENA Laß doch, nicht, bitte!

MAX He! Hans Söhnker! Kennst du mich nicht mehr? Eben noch Seite an Seite, Mann bei Mann, auf diesem Höllenritt... Vorwärts, Kamerad! Attacca!... Ach, totes Gelichter, verschwindet! Posaunenbrut!... Komm, Lena, laß uns gehen. *Brüllt nach hinten.* Realist! *Sie gehen langsam nach vorn.* Ich habe keinen Grund zu zweifeln, daß ich mich tapfer geschlagen habe. Ich habe meine Beiträge, soweit es die kurze Redezeit erlaubte, gut plaziert. Ich habe den Schwachsinn der anderen, wo es nötig war, zum Verstummen gebracht. Ich habe nicht das Gefühl, verloren zu haben. Diesmal nicht, meine Liebe.

LENA Aber ich sage doch, wie gut es mir gefallen hat.

MAX Was hast du gesagt, was denn? Du hast doch nichts als ein verklemmtes Lächeln übrig für mich.

LENA Schon gut, Max. Es hat keinen Zweck. Was ich sage, hörst du nicht mehr.

MAX Eifersüchtig bist du, das spür ich doch, ganz klein und neidblaß. Wenn ich nur einmal in fünf Jahren einen Glanzpunkt erwische! Schon machst du ein schiefes Gesicht. Ja natürlich, solange sich nichts tat, solange es mir schlechtging, da warst du eine treue Hilfe. Einem Armseligen, dem mag man gern unter die Arme greifen. Aber jetzt, im Falle des Erfolgs, ich sehe schon, da bist du keine gute Stütze. Kein gewinnendes Gegenüber.

Denn jetzt, wo wahrscheinlich noch weitere Angebote kommen, jetzt nach der Sendung, da wird es schwer für dich werden –

LENA Ich glaube, du bist nicht in dem Zustand, in dem du noch richtig einschätzen kannst, was ein anderer Mensch für dich empfindet.

MAX Und ich glaube nicht, daß es dir zusteht, von meiner Betrunkenheit zu sprechen, bloß weil dir meine Redebeiträge möglicherweise nicht zusagten. Oder weil du sie einfach nicht verstanden hast. Ich hatte etwas zu sagen. Ich hatte etwas zu vertreten. Das stört den faulen Frieden hier in eurem Land. Ich störe hier, das weiß ich.

LENA Ich will jetzt nicht streiten. Laß uns gehen . . .

MAX Du hältst trotz allem noch zu mir?

LENA Ja.

MAX Glaub ich nicht.

LENA Gehen wir ins Hotel. Komm!

MAX Du, Lena! . . . *leise* Die haben mich verwechselt.

LENA Wie meinst du?

MAX Na, die haben mich verwechselt. Mit dem Regisseur. Axel Steinberg.

LENA Wer hat dir das erzählt?

MAX Das weiß ich. Das ist mir schon mal passiert.

LENA Glaub doch mal daran, daß sie dich gemeint haben und keinen anderen. Freu dich doch erst mal darüber. Warum mußt du es gleich wieder unter Verdacht stellen?

MAX Ja. Gefreut hat's mich. Da hast du recht. Es gibt einem doch einen kleinen Aufschwung.

EDNA GRUBER *tritt als helle Erscheinung auf einen Mauervorsprung.*

EDNA GRUBER Du schlenderst. Mich geistert's.

MAX Was – was willst du? Wie kommst du hier in die fremde Stadt?

LENA Zu wem sprichst du?

MAX Da! Sieh doch!

LENA Ich sehe niemanden.

MAX Wo ich geh und steh, springt sie mir in den Weg. In der Baugrube hockt sie und ruft es herauf...

EDNA GRUBER Du schlenderst. Ich muß allgegenwärtig sein.

MAX Von den Dächern schallt es aus den Trichtern ihrer Hände...

EDNA GRUBER Es plagt mich, es nagt mich, es jagt mich.

MAX Sie findet mich überall und reißt mich aus der Ruhe...

EDNA GRUBER Du säumst, mein Freund! Denkst du nicht mehr, daß dich der Engel küßte und anvertraute Engel-Not?

MAX Ich denke – ich denke an nichts anderes seitdem.

LENA Max! Still! Du machst mir angst.

MAX Lena, halt mich fest! Laß mich nicht fort.

EDNA GRUBER Du bleibst auf halbem Weg?
Mich friert, mich friert... → p. 32
Die Erscheinung verschwindet.

MAX Hast du gehört, was sie gesagt hat?

LENA Du wirst krank, Lieber, du wirst krank, wenn du so weitermachst.

MAX Jetzt ist etwas geschehen. Jetzt ist etwas gebrochen. Du bist nicht stark genug. Warum bist du nicht stark genug?!

LENA Die drei wenigen Worte – sie fehlen mir. (ich liebe D.ich)

MAX Ich kann nicht. Nicht mehr.

Dunkel

44

Probe. Ein Tisch mit Schwenkspiegel, vor dem EDNA GRU-
BER *und* VOLKER *sitzen. Während der Szene kommt* MAX
und setzt sich vorn an den Regietisch.

VOLKER Was meinst du: sie ist zweiundvierzig Jahre, sie
hat Familie, zwei fast erwachsene Söhne, sie war erfolg-
reich in ihrem Beruf, jedenfalls bevor sie im Institut ihres
Vaters arbeitete, und nun begegnet sie diesem Mann
wieder, dem einzigen großen Verzicht in ihrem Leben –
was meist du: Wen sieht sie da im Spiegel?

EDNA GRUBER Wen sieht sie da? . . . Mein Gott! Ist sie
nicht glücklich? Ganz einfach rücksichtslos glücklich?

VOLKER Vielleicht. Vielleicht fürchtet sie sich auch ein
wenig. Vielleicht sieht sie in ihrem Gesicht, was geschehen wird. Sie weiß, was ihr bevorsteht –

EDNA GRUBER Sie weiß es nicht!

VOLKER Sie lächelt. Aber sie erschrickt vor ihrem eigenen
Lächeln. Es erscheint ihr seltsam fremd, fast infam.

EDNA GRUBER Was flüsterst du mir ein?

VOLKER In ihren Augen entdeckt sie plötzlich ein tödli-
ches Funkeln. Sie ahnt, wozu sie fähig sein wird. Sieh dir
deine Finger an. Ja. Dreh deinen Ring. Stütz den Ellbogen auf. So. Du siehst deine Hände im Spiegel, du drehst
den Ring –

EDNA GRUBER Weißt du, daß in uns die Sonne nie unter-
geht, sondern auch nachts aus dem Grund des Traums
heraufscheint?

VOLKER Ja . . . Na ja.

EDNA GRUBER Verstehst du nicht, was ich meine?

VOLKER Doch, doch. Siehst du, das Bild, das sie von sich
selber hat, und ihr Spiegelbild stimmen nicht überein –

EDNA GRUBER *zitiert aus der Rolle* ›Du wirst mich verste-

hen. Und du wirst mich verraten. Dies ist kein Spiel.
Hier werden wir viele Male aufeinander schlagen. Und
hier auch, auf diesem Platz, werden meine Wunden alle
heil . . .‹

VOLKER Ja, noch strenger, noch härter.

EDNA GRUBER ›Tu's! Schlag! Schlag zu! Aus Wunden,
aus Tränen wächst meine Stärke!‹

VOLKER *steht auf.* Na ja, so ähnlich.

EDNA GRUBER *blickt in den Spiegel.* Was weiß ich vom
Töten? Nichts. ›Daß ich's begreif, ehe ich sterbe, deinen
Leib zu fassen mit zwei Händen wie ein Herz, das man
belebt . . .‹ Heißt es so? Unsinn! Ich kann keinen Text
mehr behalten. Ich kann keine Rolle mehr spielen. Ich
kann mich nicht mehr öffnen auf der Bühne. Ich finde
meinen Ton nicht mehr. Ich verfliege, ich verfliege wie
ein Parfüm am Abend, wie ein Blütenduft. Die Wahrheit ist: Ich habe hier nichts mehr verloren.

MAX *steht auf.* Nein! Sie sind es, Sie, die einzige, die
noch die Kraft besitzt, die ihre Stimme erhebt über das
nervöse Gemurmel, über alles Kleinmütige, Mäßige und
Triviale. Für Sie ist das Spiel noch etwas Heiliges. Sie
zeigen uns, Sie beweisen es: Wir Menschen sind Wesen
von höherer Art, als uns selbst bewußt ist. Und jeder,
mag er noch so ein kleiner Alltagszwerg sein, spürt es,
erlebt es durch den Schauder, der nie ausbleibt, wenn
Sie, die Schauspielerin, ihn freisprechen von seiner Kläg-
lichkeit –

EDNA GRUBER Ach Lieber . . . Was versäume ich – was
versäume ich wirklich, wenn ich es lasse? Ist das alles so
wichtig? Gestern hat mich meine Tochter besucht. Eine
schöne erwachsene Frau ist sie geworden. Sie hat einen
Freund mitgebracht, den sie heiraten will. Einen Opti-

46

ker, der ein Brillengeschäft in Kuwait eröffnen will. In Kuwait. Sie geht also auch fort. Ich kann gar nichts tun, sie geht und ich bleibe hier. Mein Mann ist gestorben vor zwei Jahren, und ich bin in meinem Haus geblieben. Seinetwegen habe ich aufgehört zu spielen. Ich habe ihn sehr geliebt und sein Leben war mir wichtiger als meins – und dann hat er's verloren, so früh. Es wird einem nur genommen. Tod und Abreise regieren das Leben. Ich hätte längst fortgehen müssen. Aber ich komme nicht los von meinem Platz, nicht los von den Tieren. Ich sage das nur, weil ich so traurig bin und andauernd meinen Text vergesse.

Dunkel

Bartresen unter diffusem Deckenlicht. Ein junger BARMANN, *der im Hintergrund aufräumt.* DIE BLINDE *mit dunkler Brille und Blindenstock stützt sich mit dem Rücken und beiden Ellbogen auf den Tresen.* MAX *steht etwas entfernt von ihr und durchsucht seine Taschen nach Kleingeld.*

MAX *zur* BLINDEN Haben Sie zufällig zwanzig Pfennig?

DIE BLINDE Fällt Ihnen nichts Besseres ein, um mich endlich anzusprechen? Nach einer ganzen langen Nacht, in der Sie mich angestarrt haben, bis alle um uns herum gegangen sind und wir allein übrigblieben, da fällt Ihnen schließlich nichts Besseres ein, als mich um zwei Telefongroschen anzubetteln, als wäre ich eine x-beliebige Person, die gerade des Weges kommt, als hätten wir nicht seit acht Stunden aufeinander gewartet und mit vereinten Seelenkräften die Bar leergefegt und die Morgendämmerung heraufgezogen – dafür haben wir eine Nacht lang erwartungsvoll geschwiegen, daß Sie jetzt im Morgengrauen vor mich hintreten und um zwanzig Pfennig bitten?

MAX Ich muß aber telefonieren!

DIE BLINDE Das glaube ich nicht. Ich kann es mir nicht vorstellen.

MAX *zum* BARMANN Haben Sie noch Kleingeld?

DIE BLINDE *läßt den Inhalt ihres Portemonnaies zu Boden klimpern,* MAX *hebt das Geld auf und geht zum Telefonapparat.*

DIE BLINDE He! Wo bleibt der Rest? Zwanzig Pfennig haben Sie gesagt!

MAX *telefoniert.* Ja, ich. Was machst du? . . . Nein, ich treibe mich nicht herum. Ich kann nicht schlafen. Ich wollte dich sehen . . . Paß auf, ich könnte zu dir rauskommen, ja, jetzt – wir frühstücken zusammen, und ich fahr dich dann zur Probe . . . Hm. Verstehe . . . Bist du dir sicher? Gut. Bis später. Nein, ich bin nicht böse. Entschuldige.

Er geht zurück zum Bartresen.

DIE BLINDE Ich glaube, Sie könnten mir was Gutes tun, mein Lieber. Nur für einen Tag.

MAX *schreit sie an* Hören Sie auf! Quatschen Sie mich nicht an in Ihrem Kino-Deutsch! Verschonen Sie mich mit Ihrem Kitsch! Kein Wort mehr! Ich könnte mich vergessen und Ihnen in Ihren preziösen Hintern treten!

DIE BLINDE *schreit zurück* Sind Sie verrückt geworden?! Sie Affe! Was bilden Sie sich ein? Lächerlicher Pickel! Warte! Dir werde ich deine Unverschämtheiten austreiben mit allen Mitteln, die mir zur Verfügung stehen, einschließlich meines preziösen Hinterns!

MAX *zum* BARMANN Ich brülle, Sie lächeln. Was wissen Sie? Sie Schmunzler! Sie schmunzeln sich um Ihren Verstand!

BARMANN *brüllt ihn an* Sie ist sehbehindert, du Idiot!

DIE BLINDE Sehbehindert? Ich bin blind! Schwarz wie die Nacht. Ist es das, was Sie fürchten?

MAX *leise* Sie sehen nichts?

DIE BLINDE Nein.

MAX Entschuldigung. Kann ich irgend etwas tun? Brauchen Sie Hilfe?

DIE BLINDE Ich pfeif drauf. Ich denke, du bist zu dumm, um mir eine Gutenachtgeschichte vorzulesen. Ich suche jemanden, der mir eine Gutenachtgeschichte vorliest. Darum geht's. Du Affe. Aber mit dem Organ, mit deiner Quetschstimme, denk ich doch, ich höre Werbefunk.

MAX O nein, das haben Sie jetzt nicht gesagt ... Das darf nicht wahr sein. Ich glaube nicht, daß ich das eben gehört habe. Ich könnte Sie erwürgen, wissen Sie das?! Verdammter Mist!

MAX *geht auf die offene Bühne und kommt vor eine große Reklametafel. Auf dem Plakat sieht man das künstlich erschrockene Gesicht einer jungen Frau, der eine Männerhand ein Glas Milch gegen die Schläfe drückt. Auf dem Grund des Glases funkelt ein Diamant. Darunter der Text: ›Das reinste Gift.‹ Im Vordergrund sitzt im Dunkeln* LENA *auf einer Bank.*

MAX *zum Plakat* Starr mich nicht so an! Ich kaufe keine Diamanten! ... Wie seid ihr nur so schrecklich reich geworden?! Wie soll das bloß weitergehen? Sieh da! Der schöne neue Mensch! Unergründlich flach und reich. Alles Reklame. (Euer Westen. Ist es denn zu fassen? Wie fertig, wie bösartig fertig sind eure ›Schönheiten‹ hier. Alles Reklame. Vom Himmel bis zur Toilettenschüssel. Bunte Schneeflocken. Gefärbter Winter. Alles fertig, zu Ende probiert, es läuft, funktioniert, es genügt. Und das Schönweh – das Schönweh wird mit Puppengesichtern und Diamanten abgespeist.

DAS MÄDCHEN AUF DEM PLAKAT Drüben gibt es auch Puppengesichter.

MAX Ich stecke fest, kann mich nicht rühren, eingepreßt in einen unschmelzbaren Eisblock unter der Seychellen-Sonne! Ja, ergeht euch nur in diesem riesigen Vergnügungspark mit seinen Horrorspielen, Untergangsballetten, wo keiner weiß vom anderen, ob er noch Besucher ist oder schon ein ausgestopftes Exemplar, das hier für alle Zeiten sein Wohlleben aus den Tagen der Diamanten vorführt.

LENA Ich habe einmal gedacht, als ich dich traf, was für ein ungleicher Mann! Ein Teil von ihm schwebt, ein anderer hinkt. Wie feurig und wie geplagt! Jetzt sehe ich oft, es ist mehr Rauch als Feuer. Du sprichst dich fest, bis es zischt und dampft, wie Kolbenfraß. *(engine cylinders)*

MAX Lena, Liebste, Beste, sag mir, was soll ich tun? Was soll ich nur tun? Die eine ist die helle Frau, die andere ist die dunkle. Die eine ist wie der Fisch mit seiner kalten Heiligkeit. Die andere ist wie der Vogel. Mit seiner Umsicht und Wärme. Wen wähle ich? Fisch oder Vogel ... Ich sehne mich nach der hellen. Ich sehne mich nach der Schauspielerin. Ihr muß ich folgen. Sie ist es, sie ganz allein, arm und groß, ohne jede Habe, ohne eignes Sein – die nur so tut als ob und damit doch mehr tut als die ganze übrige Welt.

real person? vs. desired p-

LENA Ich sorge für dich! Ich! Ja, laß mich schreien! Ich dulde nicht, daß es da noch eine andere gibt. Ich reiße mich ab, damit du gerade stehst. Ich ertrag dein Unglücklichsein, glaubst du, für mich ist es eine Freude? Ich schenk dir mein Leben und du mißachtest es schon! Ich glaube, du weißt nicht, was du tust! Hör auf! Ich rate dir gut. Laß sie in Ruh – laß sie sofort in Ruhe.

MAX Du hast mir geholfen viele Male. Und doch ist alles immer nur schlimmer geworden. Wir sind beide zu lange im Dunkeln gewesen, Lena.

LENA Ich habe dich im Dunkeln gut gesehen, während du mich seit langem nicht mehr erkanntest. Es kommt alles nur daher, daß du es nie gesagt hast, nie die drei wenigen Worte.

MAX Ich fürchte, ich werde sie niemals sagen. Es nicht können.

LENA Auch nicht zu ihr?

MAX *schweigt.*

LENA Wie klein wir auf einmal werden voreinander, wie entfernt schon!

MAX Laß uns was trinken. Irgend etwas mache ich immer falsch. Meine Hände zittern. Ich habe Angst. Laß uns was trinken.

LENA Nein. Es ist vorbei.

MAX Komm, laß uns nach Hause gehen.

LENA Ich denke nicht daran.

MAX Was willst du tun?

LENA Ich werde dich töten.

MAX Was soll das?

LENA Bleib sitzen. Keine Angst. Nicht jetzt.

Sie geht geradewegs auf die Reklametafel zu. Sie öffnet sich, LENA *schreitet hindurch und betritt einen nebligen*

Atelierraum, in dem der FOTOGRAF *sein Modell, das* PLAKATMÄDCHEN, *fotografiert. Es steht in zerfetztem Kleid wie das Mädchen mit den Schwefelhölzern auf einem Podest vor einer weißen Wand. Es hält eine Geige in der Hand, neben ihm ein kleiner Hocker.* LENA *bleibt im Hintergrund, zündet sich eine Zigarette an.* MAX *steht wie gebannt vor dem Spalt der Reklametafel und beobachtet die folgende Szene.*

FOTOGRAF Bleib an der Wand. Näher. Ich nagle dich fest. Stell den Fuß auf den Hocker. Knie hoch. Schenkel frei. Geige an den Hals. Zieh den Strumpf hoch. Bis oben hin.

PLAKATMÄDCHEN Ich kann nicht gleichzeitig Geige spielen und den Strumpf hochziehen.

FOTOGRAF Was kannst du nicht? Ich werde dir zeigen, was du alles kannst. Ich hämmere dich an die Wand, daß nichts mehr von dir übrigbleibt . . .

MAX *hält sich die Ohren zu. Die Reklametafel schließt sich wieder. Dunkel.*

Vor der Probe. VOLKER *geht rasch über die Bühne.* MAX *kommt von hinten, hält ihn auf . . .*

MAX Volker! Eine Sekunde! Ich hab mir was überlegt für die Rolle. Ich glaube, ich weiß jetzt, wie ich den Teichmann anlegen muß. Heute nacht, plötzlich, habe ich die Rolle am Kanthaken gepackt.

VOLKER Ich muß etwas mit dir besprechen, Max . . .

MAX Gleich. Der Joseph hat natürlich recht. Ich habe von Anfang an auf einen falschen Schluß zu gespielt. Paß auf! Was sagt die Fabel? Brückner wird am Ende rehabilitiert. Gut. Irgend jemand in Australien hat seine Experimente wiederholt, er ist also kein Fälscher. So scheint es. Aber: Niemand wird je herausfinden, ob seine Riesenkröte nun tatsächlich existierte oder nicht. Das bleibt für immer sein Geheimnis. Gut. Was tut er? Er tut etwas sehr Geschicktes. Er leiht sich die große Prospero-Geste, er zerbricht den gentechnischen Zauberstab, er wird vom Saulus zum Paulus, reist von Kongreß zu Kongreß und verkündet seine neue Wissenschaftsmoral: Bis hierher und nicht weiter! Aber – jetzt kommt's! –

VOLKER Du bist umbesetzt, Max.

MAX Seine Tochter und ich, Dr. Bernd Teichmann . . . wie? Was sagst du?

VOLKER Ja. Verdammt. Ich kann es nicht ändern. Ich habe versucht, ihn umzustimmen. Er will nicht. Er will es nun einfach nicht. Er weigert sich, weiter mit dir zu probieren.

MAX Ich will diese Rolle spielen, für mein Leben! Ich habe mich so gefreut auf diese Arbeit.

VOLKER Wir müssen uns irgend etwas anderes überlegen.

MAX Ich will einmal mit Karl Joseph auf der Bühne gestanden haben!

VOLKER Er will nicht mehr.

MAX Ich versteh ihn – ich verstehe ihn ja. Ich habe ihm noch nicht gezeigt, was in mir steckt. Ich meine, ich hab's jetzt. Ich bin jetzt reif für den Teichmann.

VOLKER Wenn du in der Produktion bleiben willst, könntest du Assistenz machen bei mir.

MAX Ich soll mit ansehen, wie ich nicht spiele?! Das kann nicht dein Ernst sein . . .

VOLKER Laß uns später darüber reden. Ich muß schnell in die Requisite.

MAX *läuft hinter ihm her.* Nein! Jetzt! Er hat noch gar nichts von mir gesehen … *Beide ab.*

Aus dem Hintergrund kommen EDNA GRUBER *und der* PFÖRTNER. *Er trägt ein in Decken gewickeltes Lamm.*

EDNA GRUBER Bitte, legen Sie es ganz vorsichtig auf den Stuhl. Warum muß das mir passieren? Es ist mir vor den Jeep gelaufen, ich habe es nicht gesehen! Es tut mir so schrecklich weh. Der Arzt meint, es wird überleben. Aber wenn es aufwacht, bitte, dann rufe ich Sie. Dann nehmen Sie es zu sich, ja? Bis die Probe zu Ende ist.

PFÖRTNER Ja, ja. So ist das. Eben noch hat es an der Zibbe gehangen, geruckt und gezuckelt und seine kleine Schnauze ins Euter gestoßen, und dann passiert ihm was, es verunfallt, das Muttertier schnuppert noch mal an ihm und läuft einfach weiter, kümmert sich nicht mehr um das verletzte Junge. Dabei blickt es genauso um Hilfe flehend wie ein Mensch. Und doch hilft ihm kein Artgenosse. Der Instinkt gibt das nicht her. Ich glaube, wenn Tiere sich etwas wünschen könnten, dann wünschten sie sich, daß sie einander helfen und retten könnten wie die Menschen.

EDNA GRUBER Sie lieben Tiere! Ich spüre es. Wie fein Sie über ihre Seele reden!

PFÖRTNER Wir haben selbst zu Hause einen grünen Leguan großgezogen. Einssiebzig.

EDNA GRUBER Einen Leguan? Nein! Bitte schön, den möchte ich sehen! Immer wollte ich mir einen anschaffen. Den müssen Sie mir zeigen!

PFÖRTNER Gern, ja.

EDNA GRUBER Heute noch!

PFÖRTNER Wenn Sie mögen.

Sie schlingt den Arm um seine Schulter und küßt ihn. Von links tritt MAX *aus der Gasse und beobachtet die Szene.*

EDNA GRUBER Hör zu: Du hast in der Liebe noch einen Versuch frei. Scheiterst du, bleibt dein Herz kalt für immer. Das ist ein Wahrspruch ... Gehen Sie jetzt. Gehen Sie! – Ich rufe Sie!

MAX *für sich* Ich denke, ich träume. Ich wache auf: und träum immer noch – so bös, so bös ...! *Ruft nach oben.* Himmel! – kein Wort?

HIMMEL Wozu? Beweg dich und schmilz!

KARL JOSEPH *tritt in Begleitung eines* JUNGEN MANNES *auf.*

KARL JOSEPH *an* MAX *vorbeigehend* Guten Tag.

MAX Was haben Sie gesagt?

KARL JOSEPH Guten Tag. Oder guten Morgen. Wie Sie mögen.

MAX Wünschen Sie mir entweder einen guten Tag mit Inbrunst und indem Sie auch meinen, was Sie sagen – oder schweigen Sie! Oder denken Sie sich einen wunschlosen Gruß aus.

VOLKER *tritt auf; alle hören* MAX *zu, der* KARL JOSEPH *und seinen Begleiter umkreist.*

Ich ertrage sie nicht mehr, die Inhaltsleere der guten Wünsche. Sie beginnt zu schmerzen. Wie Flüche. Es tut weh: ›Schönen Tag noch‹, der Postbote. Am Donnerstag bereits: ›Schönes Wochenende‹, am Bankschalter. Am Montag früh: ›Schöne Woche noch‹, am Zeitungskiosk. Wann hat man je einen Menschen sagen hören: schließlich und endlich, jawohl, ich hatte gestern einen guten Tag. Ich danke Ihnen, daß Sie ihn mir gewünscht haben. Ihr Wunsch ist prompt in Erfüllung gegangen. Wünscht mir hier wirklich jemand einen guten Tag? Was? Ich könnt's gebrauchen.

Er geht nach hinten. Kommt noch einmal vor; zu KARL JOSEPH ›Ich weiß nicht, ob Sie sich noch an mich erinnern, Herr Professor Brückner‹ – ich komme am Rande eines Portierromans vor. Ich werde auf Seite 232 einmal beiläufig erwähnt! *Er geht rasch ab.*

KARL JOSEPH Exaltierter Bursche. Schade um ihn. Man hätte ihn früh an die Kandarre nehmen müssen. Bei diesen labilen Naturen weiß man nie, was dahinter steckt. Ich erinnere mich, vor vielen Jahren besuchte ich einmal die Aufführung einer Laienspielgruppe. Ich glaube, es war so um achtundvierzig herum, kurz vor der Währungsreform. Irgendwo in einem Hamburger Vereinssaal. Ich weiß es noch wie heute. Lauter brave Bürger, sollte man meinen, die sich mit Feuereifer in die Schauspielkunst verbissen hatten. Aber dann im zweiten Teil, nach der Pause, schieden auf einmal verdächtig viele Personen aus der Handlung des Stücks aus. Schließlich blieb nur einer zurück, trat an die Rampe und erging sich in kolossalen expressionistischen Wortgemälden. Offenbar war er gleichzeitig der Autor des Stücks. In Wahrheit war es aber eine Art Hehler. Denn während er seinen Monolog hielt, strolchten die anderen Schauspieler durch das Haus, fielen über die Garderobe her und stahlen dem Publikum sämtliche Mäntel und Hüte. Keiner erschien mehr zum Verbeugen. Die waren längst über alle Berge. Aber so war das damals, die meisten hatten ja nichts. Man konnte nirgends vor Dieben sicher sein.

Die Garderobendekoration schiebt sich vor die Szene.

Eine junge GARDEROBENFRAU *liest in einem Buch. Im Hintergrund eine Tür zum Theatersaal.* MAX *in der Maske des* ZUSCHAUERS *kommt eilig heraus.*

DER ZUSCHAUER *zur* GARDEROBENFRAU Entschuldigen Sie, könnten Sie so freundlich sein und einmal nachsehen, ob mein Mantel noch da ist?

GARDEROBENFRAU Geben Sie mir Ihre Marke? *Lacht* Das ist ja die Nummer 232!

DER ZUSCHAUER Ja – und?

GARDEROBENFRAU Ach, nichts. Ich bin gerade auf Seite 232. *Sie bringt ihm den Mantel.*

DER ZUSCHAUER Sie passen doch gut auf ihn auf, nicht wahr?... Was für ein Abend! Ich gehe ins Theater, um mir die Sorgen zu vertreiben. Was sehe ich aber auf der Bühne: haargenau meine Sorgen. Ein Stück, wie es alltäglicher nicht sein könnte. Man kommt von der Garderobe und betritt den Zuschauerraum. Man nimmt Platz. Der Vorhang öffnet sich, und man sieht vor sich wiederum die Garderobe. Ein Mensch tritt auf, einem selbst zum Verwechseln ähnlich, jemand, der offenbar überstürzt ein Schauspiel verlassen hat und sich nun bei der Garderobenfrau darüber beschwert, daß ihm das Theater zu alltäglich, zu gegenwärtig, zu wirklichkeitsnah und persönlich nur allzu bekannt vorkommt. Womit ich mir meine eigenen Worte des Abscheus sparen kann.

GARDEROBENFRAU Die Leute amüsieren sich. Sie hören es.

ZUSCHAUER Natürlich. Sie amüsieren sich. Sie amüsieren sich über mich. Das ist mir nichts Neues. Das erlebe ich jeden Tag bei mir zu Hause. Dafür brauche ich nicht ins Theater zu gehen und 32 Mark Eintritt zu bezahlen.

Man will doch den idealen Menschen sehen, den es nur auf der Bühne, in angemessener Entfernung, gibt. Idole will man sehen für sein Geld. Ich halte das ganze Stück im Grunde für eine Anspielung auf meine Person. Genauso stehe ich da, Sie sehen es selbst, wie auf der Bühne. Wie heißt denn der Autor? *Er sieht ins Programmheft.* Bertrand Vobis. Hm. Ist mir nie begegnet. Aber er muß mich kennen, und zwar auf eine ungeheuerliche Weise. Bertrand Vobis. Wahrscheinlich ein Pseudonym. Ich habe das Gefühl, es könnte ein Neffe von mir sein. Oder ein Freund meines Bruders. Nein, der ist ein Kretin. Der weiß nichts über mich. Ich gehe da nicht wieder hinein.

GARDEROBENFRAU Warum gefällt Ihnen das Stück nicht? Es ist ein schönes Stück. Die Schauspieler sind sehr gut.

ZUSCHAUER Wenn das ein schönes Stück ist, so wäre mein Leben schön. Wenn das gute Schauspieler sind, wäre ich ein Naturtalent. Stünde ich selbst auf der Bühne und brauchte mich nicht als Zuschauer über einen Zuschauer auf der Bühne zu ärgern. Ich habe letzlich keinen Schauspieler gesehen, sondern einen glücklosen Mann, den es auf die Bühne verschlagen hat. Letzlich mich selbst, darf ich wohl sagen. Was tut er übrigens, dieser Mann, nachdem er das Schauspiel verließ und sich mit der Garderobenfrau unterhalten hat?

GARDEROBENFRAU Er geht wieder hinein. Er läßt sich von ihr überzeugen, daß es sich lohnt, das Stück bis zum Ende anzusehen. Sie sagt, daß sie nach der Vorstellung gern mit ihm darüber diskutieren würde. Daraus ergibt sich dann eben die berühmte Liebesgeschichte.

DER ZUSCHAUER Die berühmte Liebesgeschichte? Berühmt, hm, hm. Na ja. Das ist eben so auf dem Theater. Die Wirklichkeit sieht allemal anders aus.

DIE BLINDE *kommt aus der Saaltür.*

DIE BLINDE Mein Gott! Was für ein Publikum! Ich habe das Gefühl, ich ersticke. Ich spiele im Leichenschauhaus.

Sie setzt ihre dunkle Brille ab und nimmt zwei Pflaster von den Augen.

DER ZUSCHAUER Ah, Sie haben wirklich blind gespielt...!

DIE BLINDE Bettinchen, hast du eine Zigarette für mich?

GARDEROBENFRAU Stell dir vor, der Herr hier möchte schon gehen.

DIE BLINDE Gehen? Jetzt schon?

GARDEROBENFRAU Es gefällt ihm nicht.

DER ZUSCHAUER Nun, so kraß würde ich es nicht ausdrücken ...

DIE BLINDE Offen gesagt, wenn ich in einem solchen Publikum säße wie heute abend, würde mir auch nichts gefallen. Ein miserables Publikum. Es muß einem ja auf den Atem schlagen, auf die Begeisterungsfähigkeit, wenn man mitten in einem solchen Publikum sitzt. Tot, mausetot. Das ist kein Publikum für Sie, mein Herr. Ich verstehe sehr gut, wie Ihnen zumute ist. Sie müssen sich entfernen aus diesem Publikum, wenn Sie das Schauspiel innerlich miterleben wollen. Sie müssen sich als selbständiger Zuschauer in Sicherheit bringen, um nicht in diesen Massensarg hinuntergezogen zu werden. Tot, verwest, versteinert. Kommen Sie mit mir, ich werde Sie in Sicherheit bringen. Es gibt nur einen einzigen Ort, wo man nicht mit Publikum in Berührung kommt; überall ist es ja. In den Straßen, in Kaufhäusern, Flugzeugen, sogar in der Heide – überall Publikum. Nur einen Ort gibt es auf der Welt, wo Sie sicher sind vor jeder unerwünschten Begegnung, und dorthin will ich Sie bringen.

DER ZUSCHAUER Das Publikum stört mich eigentlich am wenigsten . . .

Eine FRAU *kommt am Arm eines* MANNES.

GARDEROBENFRAU Kein Einlaß jetzt. Es ist gleich Pause.

DER ZUSCHAUER Lena! *zu der* BLINDEN Entschuldigen Sie, meine Frau – Lena, was machst du hier? Mit wem gehst du da ins Theater?

DIE FRAU Ich bin das gar nicht.

DER ZUSCHAUER *greift sich an die Stirn.* Nein. Ich seh's. Entschuldigung. Das Theater hat mich vollkommen verwirrt.

DER MANN Scheint ja sehr amüsant zu sein, wie?
Komm, Liebes, bist erschrocken. Trinken wir ein Piccolo in der Bar.

DIE BLINDE Kommen Sie! Schnell! Ich muß zum Auftritt.

DIE BLINDE *und* DER ZUSCHAUER *gehen zur Saaltür.*

GARDEROBENFRAU Bis später! Vergessen Sie nicht: Ich warte auf Sie nach der Vorstellung.

Dunkel

III

Eine grauweiße Mauer über die ganze Breite der Bühne.
Darunter Gestelle, Podeste, rechts eine einzelne Wurfbude.
Toter Jahrmarkt. Der WURFBUDENMANN *lehnt über der*
Theke. MAX *betrachtet sich in einer Spiegelscherbe.*

MAX Ist der Kerl noch des Spottes wert? Wahrscheinlich
  nicht. Aber man darf auch nicht so tun, als gäbe es ihn
  nicht. Max heißt das Gebilde. Mittelmax, Untermax,
  Hochmax oder Nebenmax: Wen wollen Sie sprechen?
  Jeden Tag verliere ich an Gesicht wie der Diarrhöeiker
  an Gewicht. Ich schaue in den Spiegel und gewinne
  einen äußerst verwechselbaren Eindruck. Fast irgendwer. Nicht irgendein anderer. Das wäre schizophren
  und ganz gewöhnlich. Sondern ich selbst als irgendwer.
  Ich werde mir einen Bart stehen lassen, um den Ge-
  sichtsrutsch aufzuhalten. Ich lasse mich terrassieren.
WURFBUDENMANN Sie sind mir in Ihrer Selbstquälerei
  sehr sympathisch. Eine ausgesprochen entgegenkom-
  mende Erscheinung. Ich könnte Sie nicht besser quälen,
  als Sie es tun. Ich schone Sie also voller Bewunderung
  und genußreicher Entspannung.
MAX Ich trete zu Ihnen, ich grüße Sie und blicke in den
  tieferen Grund Ihrer Bude, in dem ein greises Neonlicht
  zittert, das Sie vermutlich an Jahren bereits übertrifft.
  Ich sehe, daß die Regale, die sonst von Preisen – von
  Gewinnartikeln überquellen, bei Ihnen gänzlich leer
  sind. Einzig eine Blumenwanne aus geschliffenem Kri-
  stall steht verloren dort, um gewonnen zu werden. Wie
  oft müssen die Dosen fallen, bis ich das Ding da gewinne?
WURFBUDENMANN Fangen Sie erst einmal an. Wir werden sehen. Wie oft, das kann ich im voraus nicht sagen.

MAX Was liegt dort, in blaues Seidenpapier gewickelt, am Grund der Blumenwanne?

WURFBUDENMANN Der Hauptgewinn. Der erste und einzige. The one and only. Der absolute Treffer.

MAX Aha. Der Hauptgewinn ist also nicht die Wanne selbst?

WURFBUDENMANN Keineswegs. Sie ist nicht zu gewinnen.

MAX Mit anderen Worten: Sie bieten keine Nebengewinne, Trostpreise etc. Bei Ihnen geht es stets ums Ganze.

WURFBUDENMANN Gegen die formlose Breite der Angebote setze ich meine Wasser-Vase.

MAX Eine Wasser-Vase ist das also.

WURFBUDENMANN Jawohl, eine Wasser-Vase.

MAX Ein glücklicher Gegenstand.

WURFBUDENMANN Bestimmt. Sie braucht ihren Besitzer nicht zu wechseln.

MAX Aber sie muß ihren Inhalt herausgeben.

WURFBUDENMANN Nur im äußersten Glücksfall.

Die beiden – MAX *nach innen,* WURFBUDENMANN *nach außen über die Theke lehnend – kehren die Köpfe zueinander.*

MAX Ich sehe, Sie sind ein Narr.

WURFBUDENMANN Sie sind ein Narr.

MAX Es ist enttäuschend, am Ende seiner Wege anzukommen und dort als erstes jemanden wie sich selber zu treffen.

WURFBUDENMANN Sie übertreiben. Ich habe mit Ihnen weniger gemein, als Sie glauben.

MAX Guter Mann, ich erkenne mich in Ihnen. Da hilft Ihnen nichts.

WURFBUDENMANN Stützen wir uns lieber auf das Brett

und sehen jeder in seine Richtung. Es könnte sonst
Ärger geben.

MAX Weshalb sind Sie hier? Sie gehören zum fahrenden
Volk. Warum ziehen Sie nicht herum? Warum sind Sie
nicht unterwegs? Hier ist nichts los, keine Messe, kein
Rummel –

WURFBUDENMANN Ich bleibe in meiner Bude und warte,
bis es wieder Jahrmarkt wird. Aufbauen, abbauen. Wie-
deraufbau. Wiederabbau. Das liegt mir nicht. Und dann:
wiederaufbauen – wiederabbauen? Nein. Ich lasse alles,
wie es ist. Der Jahrmarkt kommt ganz von selbst zurück. Bis dahin bin ich eben hier der Einsamste von
allen.

MAX Das bin zweifellos ich.

WURFBUDENMANN Wagen Sie es!

MAX Ich weiche vor Ihnen keinen Fingerbreit von meiner Einsamkeit.

WURFBUDENMANN Gehen Sie! Machen Sie schleunigst,
daß Sie fortkommen.

MAX Und wenn Sie zehnfach vor mir stünden! Hier bin
der Einsamste ich ganz allein.

WURFBUDENMANN Verschwinde, du Hund! Ich schlage
dich tot!

MAX *streckt ihm eine ungeöffnete Schachtel Zigaretten
entgegen, fingert an der Packung.*

MAX Warten Sie! Einen Augenblick! Verdammt! Diese
mörderischen Verpackungen! Das muß man nun auch
noch ertragen. Verspanntes Ding! Geht nicht auf. Kein
Mensch mit seinen natürlichen uralten Händen kann
diese modernen Verpackungen öffnen!

*Er wirft die Schachtel zu Boden und trampelt darauf
herum.*

WURFBUDENMANN Man mißhandelt die Dinge nicht. Sie sind gefühllos.

MAX Was denn! Auch die Dinge können sich zusammennehmen.

WURFBUDENMANN Ich rauche nicht. Sie zertreten Ihren eigenen Genuß.

LENA *kommt am Arm des* ZUSCHAUERS (MAX-DOUBLE). *Der Mann steht schüchtern abgewandt und raucht.*

LENA Reißt alles auf, findet nie die richtige Lasche, zerstört jedes Geschenk, bevor er's ausgepackt hat, schmeißt es auf den Boden und wütet drauf herum –

MAX Lena?!

LENA Immer noch der alte Verpackungs-Choleriker?

MAX Wo kommst du her? Wer ist der Mann an deinem Arm?

LENA Ich bringe ihn nur rasch über die Bühne.

MAX Bleib stehen! Wer sind Sie? – Was machen Sie am Arm meiner Frau? – Warum bist du hier? – Wer ist das? – Was ist los? – Wollen Sie ihr Geld oder wen wollen Sie?

ZUSCHAUER/MAX-DOUBLE Nein, nein. Ich sag nix.

MAX Ich bin vollkommen außer mir. Ich suche dich überall und plötzlich streifst du mit einem fremden Mann vorbei, aus dem heiteren Nichts –

LENA Aber er spielt doch gar nicht mit.

MAX Was hat er dann hier verloren? Hören Sie: Bei dieser Frau haben Sie nicht die mindeste Chance –

LENA Es ist lächerlich, eifersüchtig auf jemanden zu sein, der gar nicht mitspielt.

MAX Er kann es mir doch bitte schön selber erklären. Sie! Ich greife Sie an – lächeln Sie nicht!

LENA Der Mann ist ein Zuschauer. Laß ihn gefälligst in

Ruhe! Du bist immer noch so unruhig und verstehst die Welt immer weniger.

MAX Bleib! Wohin gehst du? Ich muß mit dir sprechen! Man hat mich fortgeschmissen wie einen zerbeulten Sektkübel ...

LENA Warte, bis ich wiederkomme.

LENA *und* ZUSCHAUER/MAX-DOUBLE *ab.*

MAX Wie soll ich das begreifen? Wie verhält sich ein Hauptdarsteller, dessen Frau sich mit einem Zuschauer einläßt? Davon erholt er sich nicht. Das verzeiht ihm kein Publikum der Welt. *Zum* WURFBUDENMANN Und Sie? Sie dösen. Na ja. Es kommt eben alles zusammen. Genug. Schluß. Ich bin fertig mit der Welt. Restlos fertig. Es gibt nur noch mich und diesen Schrebergarten dort drüben hinter der Mauer. Ich vermisse den Schatten einer Einsicht, auch bei Ihnen, daß wir alle nur halb hier herumlaufen – alle nur einäugig, einwangig, halbherzig, denn es gibt noch ein anderes Land der Deutschen! Gäbe es das nicht, ich hätte meine Existenz längst zusammengeklappt wie einen Marktstand und abtransportiert.

Ein Mann mit einem langen Holzstab, an dem ein kleiner ovaler augenförmiger LAUTSPRECHER *befestigt ist und weiter unten eine Frauenhand, ist im Hintergrund aufgetaucht und hat sich auf den Rand eines Podestes gesetzt. Während der* STAB-MANN *seine Vesperbrote ißt, reibt er mit einer Hand am Stab auf und ab.*

LAUTSPRECHER *Frauenstimme; verzerrter, heiserer Ton* Laß das. Iß nicht soviel.

MAX Wer spricht?

WURFBUDENMANN Seine Geliebte spricht. Oder was ihm von ihr geblieben ist.

STAB-MANN Gefällt es dir hier?

LAUTSPRECHER Allerliebstes Plätzchen.

Eine Scheibe Brot fällt ihm zu Boden.

STAB-MANN Verdammter Mist.

LAUTSPRECHER Hör auf zu fluchen. Sitz still. Steck deine Hand in die Hose. Nein. Hol sie wieder raus. Es ist noch nicht soweit. Nimm dich zusammen. Warte, bis es soweit ist. Denk nach. Achte auf deine Kleidung. Laß dir nichts gefallen. Wozu hast du dein Mundwerk? – Nachdenklich geworden, wie?

STAB-MANN Ich glaube an deine Worte. Sei vorsichtig. Ich hänge an deinen Worten. Sie sind alles, was ich – noch – habe von dir.

LAUTSPRECHER Noch mal, Liebster, noch mal. Sag das noch einmal und noch einmal und noch einmal.

STAB-MANN Ich hänge an deinen Worten. Sie sind alles, was ich – noch – habe von dir.

MAX *will abgehen* Dafür muß man eine gesunde Seele besitzen. Doch nicht jede gesunde Seele ist auch eine besonders reiche . . .

LAUTSPRECHER He! Chef!

MAX *zum* LAUTSPRECHER Ich verbitte mir diese Anrede! Sind Sie ein Türke?!

LAUTSPRECHER *kleinlaut* Nein.

MAX Na also. Ich lasse mich von Ihnen nicht flapsig anreden. Soweit sind wir noch lange nicht!

LAUTSPRECHER Der kennt mich auch nicht mehr.

STAB-MANN Hören Sie, sie hat es nicht übel gemeint. Spielen Sie sich doch nicht so auf. Sie sind auch nichts Besseres als sie oder ich oder irgendwer.

68

LAUTSPRECHER Danke, Marek. Du hast immer, wenn es hart auf hart kommt, meine Partei ergriffen.

STAB-MANN Quatsch du die Leute nicht an. Ganz was Neues.

LAUTSPRECHER Für alles Neue aufgeschlossen, hm hm hm.

STAB-MANN Sie ist eine gute Frau, merken Sie sich das!

MAX Ich wollte Ihnen nicht zu nahetreten. Es tut mir leid, aber ich bin selbst ein leicht erregbarer Mensch.

LAUTSPRECHER Macht nichts. Mit uns kann man ja reden. Wir beide sind pflegeleicht. Kannst ihm ruhig alles erklären, Äffchen.

STAB-MANN Nein. Nicht jetzt. Wenn alles vorbei ist.

LAUTSPRECHER Was denn?

STAB-MANN Na ja. Wenn alles vorbei ist.

LAUTSPRECHER Was meinst du nur? Was soll denn vorbei sein?

STAB-MANN Na, die ganze Aufregung. Weißt du doch.

LAUTSPRECHER Aber du bist die meiste Zeit aufgeregt. Jeden Morgen, jeden Mittag und erst recht am Abend. Morgens stehst du aufgeregt vor dem Mittag. Mittags stehst du aufgeregt vor dem Abend. Und abends – na, das kannst du dir ja denken.

STAB-MANN Lach nicht so unschön.

LAUTSPRECHER Wenn ich lache, merk ich's nicht so.

STAB-MANN Was?

LAUTSPRECHER Das, was weh tut.

Der WURFBUDENMANN *kommt aus seiner Bude und prüft die Ware, die der* STAB-MANN *in seiner Kiepe neben sich stehen hat.*

WURFBUDENMANN Damit willst du dich auf den Markt drängeln? Mit diesen billigen Plastiktöpfen, die sowieso kostenlos in allen Gärtnereien herumliegen?

STAB-MANN Laß meine Ware in Ruhe. Sie hat dir nichts getan.

LAUTSPRECHER Hast du eigentlich noch das Jucken am Arm, Rudi?

WURFBUDENMANN Was für ein Jucken?

LAUTSPRECHER Du hattest doch immer dieses Jucken am Arm.

WURFBUDENMANN Nein. Hat sich gegeben. Was ist das schon? Ein besseres Loch mit Plastik drumherum. Eine gestandene Überflüssigkeit. Ja, wenn du diese Dinger als Wundertöpfe verkaufen würdest, wenn du mir erklärst: Halten Sie den Pott vor die Stirn, beugen Sie den Kopf nach unten, und Ihr gesamtes Kopfweh fällt hinein – ja dann würde ich ihn sofort kaufen. Hundert Mark dafür wären in Anbetracht meiner Kopfschmerzen ein Klacks.

STAB-MANN *zu* MAX Sehen Sie: Er ist mein Freund. Wir sind Freunde. Aber wissen wir das so genau? Nicht so ganz genau, wie?

WURFBUDENMANN Wir sind alte Freunde, weil wir nichts Besseres gefunden haben.

STAB-MANN Ja. Da ist etwas dran. Fest steht immerhin, daß wir uns, nachdem wir uns nun schon so lange kennen, eigentlich immer noch nicht mögen.

WURFBUDENMANN Es bleiben ein paar leise Vorbehalte, die wir gegeneinander hegen. Ein gewisses Gefühl der Unsicherheit.

STAB-MANN Ich möchte sagen, ein Gefühl von geheimem Mißtrauen. Von unüberwindlicher Abneigung. Von eiskalter Verachtung.

WURFBUDENMANN Ja, so eine leichte Verlegenheit, so ein Anflug von Zweifel, wie man den anderen richtig einschätzen soll.

STAB-MANN Sagen wir's, wie es ist: im Tiefsten – im Tiefsten herrscht zwischen uns das Grauen voreinander.

WURFBUDENMANN Im Tiefsten? Ach, nein. Da habe ich dann wieder ein gutes, gesundes, grundsolides Gefühl für dich.

LAUTSPRECHER Ein feiner Mann, dein Rudi. Ein wahrer Freund. Arme stark wie ein Baum. Stirn massiv wie ein Fels. Augen ein Poem. Trotzdem: Ich mag ihn nicht. *Die* BLINDE *betritt, den Stock grazil vor sich hertappend, die Bühne.*

DIE BLINDE Taxi! . . . Taxi! *Sie bleibt stehen, lauscht.* Taxi! . . . Ist hier jemand?

MAX Sie haben sich verirrt. Wir stehen nicht am Straßenrand.

DIE BLINDE Ihre Stimme kenne ich. Sind Sie nicht der kleine Schauspieler aus der Follow me-Bar?

MAX Der kleine Schauspieler ist vielleicht etwas zuviel gesagt . . .

DIE BLINDE Führen Sie mich über die Straße, Maximilian Steinberg.

MAX Es gibt keine Straße hier.

DIE BLINDE Bringen Sie mich zum Taxistand!

MAX Ich kann hier nicht weg. Ich habe zu tun . . .

DIE BLINDE Begleiten Sie mich! Ich renne vor einen Lastwagen!

LAUTSPRECHER Ein süßes Dingelchen!

MAX Sie weiß nicht, daß sie sich auf die offene Bühne verirrt hat. Sie weiß nicht, daß wir uns hier vor einer größeren Menschenmenge zur Schau stellen. Wenn sie es wüßte, würde sie vor Schreck tot umfallen.

WURFBUDENMANN Aber wir wissen es doch im Grunde auch nicht. *Er geht in seine Bude.*

MAX Ich weiß es. Aber mir ist es gleichgültig. Wie alles andere auch. Daran ermessen Sie vielleicht am besten mein Totsein. Mein inneres Totsein, das ich mit mir herumtrage.

WURFBUDENMANN Jeder Narr in seinem Kleid.

MAX Jeder des anderen Narr. Und keiner gehört mehr zu einem König.

DIE BLINDE *zum* STAB-MANN Bring mich nach Hause. Mein Vorleser ist mir davongelaufen. Du sollst mir eine Gutenachtgeschichte vorlesen.

Dunkel. Nur ein Scheinwerfer auf dem LAUTSPRECHER, *aus dem leis krächzend Musik ertönt. In der Bude fallen Dosen vom Regal.*

WURFBUDENMANN Wie soll denn einer im Finstern aus dieser verdammten Bude herausfinden? Warum gibt's denn hier kein Bodenlicht?

VOLKER *ruft aus der Nullgasse* Ruhe bitte! Achtung! Wir machen weiter. Seid ihr soweit?

STIMMEN *hinter der Bühne* Was ist denn dran? Was wird denn jetzt probiert? Warum sagt einem niemand was?

LAUTSPRECHER *Stimme des Inspizienten* Zweiter Akt, Siebte Szene. Frau Gruber und Herr Joseph bitte.

KARL JOSEPH Kann mir bitte schön jemand zeigen, wie ich hier zu meinem Auftritt komme? Was ist das für eine elende Schlamperei?

VOLKER Stopp! Assistenz! Rüdiger!

EDNA GRUBER *hinter der Bühne* Am besten soll ja Kabbala sein, um geistig fit zu bleiben.

STAB-MANN *hinter der Bühne* Mein Sohn mit zwölf weiß

alles über den Zweiten Weltkrieg. Der kennt jede Panzerschlacht, jeden Stukaeinsatz . . .

VOLKER Bitte Ruhe! Konzentriert euch! Und – Auftritt!

Die helle Bühne ohne Schauspieler. Die Bude ist abgeräumt. Nur der LAUTSPRECHER-Stab ist stehengeblieben. Auf einem Podest unterhalb der Mauer steht eine Heizungsrippe, dahinter ein Karton mit Sektgläsern. Aus der Mauer treten EDNA GRUBER und KARL JOSEPH. Sie hockt sich an die Heizung und gießt aus einer Flasche Champagner ins Glas.

KARL JOSEPH *als Professor Brückner* Auch Mendel, der große Gregor Mendel hat seine Statistiken frisiert. Das ist allgemein bekannt. Doch niemand wäre je auf die Idee gekommen, ihn deshalb einen Scharlatan zu nennen.

EDNA GRUBER *als Sonja* Ja, Vater.
Sie stellt das Glas auf die Heizungsrippe. Es fällt nach hinten und zerschellt. Sie nimmt ein neues Glas aus dem Karton, schenkt ein, trinkt und stellt es wieder auf die Heizung, es fällt ebenso etc.

KARL JOSEPH Soll das alles nichts mehr gelten, was ich geleistet habe? Ist es mit einem Mal vollkommen wertlos? Es wird doch wohl noch erinnerlich sein, daß ich es war, der der Immundiagnostik neue Wege wies? Und erinnerlich vielleicht auch meine nicht ganz oberflächlichen Beiträge zur Kausaltherapie humangenetischer Defekte?

EDNA GRUBER Ja, Vater.

KARL JOSEPH Was ist mit dir, Sonja? ›Ja, Vater. Ja, Vater‹ . . . Du sitzt den ganzen Tag im Haus herum. Warum gehst du nicht unter Leute?

EDNA GRUBER Vater, ich versuche dir Gesellschaft zu leisten. Ich weiß, daß ich nicht besonders anregend bin, schon gar nicht auf Dauer. Bitte wirf mir nicht noch vor, was ich allein dir zu Gefallen tue.

KARL JOSEPH Mir zu Gefallen? Ich habe dich nicht darum gebeten. Es ist weder deine Pflicht, dich um mich zu kümmern, noch wäre ich etwa außerstande, mich selbst zu beschäftigen.

EDNA GRUBER Du redest heute so und morgen anders.

KARL JOSEPH Du sorgst jedenfalls dafür, daß ich mich mehr und mehr isoliere. Du tust eine Menge, damit ich jeden Kontakt zur Außenwelt – zu meiner Fachwelt verliere. Ich wüßte nicht, worin sich meine gegenwärtige Lage von der in einer Haftanstalt unterschiede. Ich stehe unter deinem Arrest.

EDNA GRUBER In sechzig Vorstellungen werde ich auf diese Weise dreihundert bis vierhundert Gläser zerschmeißen.

KARL JOSEPH Du siehst, es ist eine unüberwindliche Hilflosigkeit, die dir den Arm führt, so daß deine Gläser eins wie das andere entzweigehen.

EDNA GRUBER Wenn uns niemand hilft, schaffen wir beide es auch ohne Text, nicht wahr, Vater?

KARL JOSEPH Aber ja, mein Kleines. Gewiß doch. Siehst du, ich habe ja nur noch dich. Mein liebes schönes Mädchen, mit dem ich soviel Gutes erlebt habe, nur Gutes. Mein Beruf, mein Leben, meine Forschung, alles ist dir gewidmet. Was ich auch immer getan habe, ich habe es nur für dich getan.

EDNA GRUBER Warum – warum hast du es getan, Vater?

KARL JOSEPH Was redest du da? Was ist das für ein Ton? Höre ich Radio? Glaubst du etwa der Öffentlichkeit, dem neidischen Gesindel da draußen, glaubst du denen eher als deinem Vater? Willst du mich verhören in meinem eigenen Haus? Du lächerliche, unbedeutende Person! Du hast in deinem Beruf nichts erreicht, gar nichts. Sorg erst einmal dafür, daß du lebensfähig bist ohne mich! Ist denn der ganze Globus durcheinander? Weißt du denn nicht mehr, wo du hingehörst?

Aus der Mauer tritt MAX.

MAX Herr Professor Brückner?

KARL JOSEPH *dreht sich aufs Stichwort um* Ja – bitte?

MAX Ich weiß nicht, ob Sie sich noch an mich erinnern –

KARL JOSEPH Sind Sie toll? Menschenskind! Bringen Sie mich nicht durcheinander! Dieser verdammte zweite Akt wächst sich ohnehin zu meiner Achillesverse aus. Was suchen Sie hier?

MAX Ich will meine Rolle wiederhaben.

VOLKER *betritt mit einem Walkie-Talkie die Bühne.*

VOLKER Max! Was gibt es? Was soll das? Verschwinde!

MAX *geht zu* VOLKER Ich will meine Rolle wiederhaben.

VOLKER Wir probieren! Das ist eine Probe! *In den Apparat* Bitte jemand, der die Glasscherben auffegt. *Zu* MAX, *leise* Du hast gehört, was passiert ist?

MAX Ja, ich weiß. Mein Nachfolger liegt in der Klinik. Hat sich überschnieft.

VOLKER Anderthalb Gramm Schnee, vier Flaschen Weißwein. Um ein Haar hätte er sich gestern früh vom Balkon gestürzt.

MAX Ja ja, alle sind sie rauschgiftsüchtig. Nur ich bin *er räuspert sich* misanthropisch.

VOLKER Der wußte nicht mehr, ob er Männchen oder Weibchen ist. Edna hat ihn umgedreht, Karl hat ihn wieder zurückgedreht. Der Teufel steckt in diesen Proben.

MAX Das wäre dir mit mir nicht passiert, Volker. Ich wäre niemals zu Edna aufs Land gezogen. Ich kann diese frühverkalkte Weihehaltung höherer künstlerischer Damen auf den Tod nicht ausstehen. Dieses Kultgewese stößt mich ab. Sie hat es ja auch mit mir versucht. Ich bin natürlich nicht darauf reingefallen.

EDNA GRUBER *geht hinter seinem Rücken vorbei.* Du siehst, mein Lieber, ich habe das Meine getan – ich habe mir etwas einfallen lassen, um dir den Rückweg frei zu machen …

MAX Edna!

Er folgt ihr in die Gasse.

VOLKER *in sein Walkie-Talkie* Ist der Hundertsiebener eingerichtet?

WALKIE-TALKIE Dauert noch ein paar Minuten.

MAX *springt aus der Gasse.* Es gibt Nachmittage, an denen sollte sich mancher Abend ein Beispiel nehmen: so voller Duft und Dunkelheit sind sie! *Er verschwindet wieder.*

KARL JOSEPH *zu Volker* Wenn ich dieses Gespenst noch einmal auf der Probe sehe, reise ich ab.

VOLKER Herr Joseph, wir haben keine Wahl. Wir brauchen einen Teichmann. Und zwar auf der Stelle.

KARL JOSEPH Jeden anderen. Nicht ihn.

VOLKER Ich weiß niemanden. Wir haben keine Zeit mehr, schon wieder nach einem Neuen zu suchen.

KARL JOSEPH Er oder ich. Und wenn diese Frau Zoo, diese Frau Pferdebiß es wagt, hinter meinem Rücken Absprachen zu treffen –

VOLKER Ich treffe hier die Absprachen, Herr Joseph. Ich

habe dafür zu sorgen, daß wir den Premierentermin halten. Das ist mein Job. Ich werde Max Steinberg besetzen. Ob es Ihnen paßt oder nicht.

KARL JOSEPH Sie sind wohl übers Ufer getreten, Sie Rinnsal?

VOLKER Meinetwegen. Meinetwegen. Und Sie machen mit. Sie spielen die Rolle. Ich bin ganz sicher. Ich bin ganz sicher.

KARL JOSEPH Wissen Sie, was Sie mich können? Aber dreimal Götz! Sie Winzling! Ich mache Ihnen hier Ihre Arbeit – ich! mache Ihre Arbeit, verstanden? Sie wissen wohl nicht mehr, wen Sie vor sich haben?

VOLKER Ich weiß es sehr genau. Einen wunderbaren Schauspieler und einen unerträglichen Kollegen.

KARL JOSEPH Das werden Sie bereuen. Ich schwör's Ihnen: Sie werden es bereuen! *Er geht ab.*

VOLKER *ins Walkie-Talkie* Was ist mit dem Hundertsiebener? Seid ihr soweit?

WALKIE-TALKIE Dauert noch ein paar Minuten.

VOLKER Nicht immer dasselbe sagen! Jämmerlich. *Er geht ab.*

KARL JOSEPH *und* EDNA GRUBER *treten aus der Seitengasse.*

EDNA GRUBER Herz, nun hör mir bitte zu!

KARL JOSEPH Lassen Sie mich! Wagen Sie es! Was haben Sie getan? Wo ist Oliver?

EDNA GRUBER Was kann ich dafür? Mit mir hat er nur geflirtet. Bei Ihnen hat er sich zuviel geholt. Das ist die Wahrheit.

KARL JOSEPH Sie haben mich vor einem jungen Kollegen zu einer lächerlichen Figur gemacht.

EDNA GRUBER Ja, mein Gott! Dann seien Sie endlich

einmal lächerlich! Sonst erstarren Sie noch zur Toten-
maske. Sie können doch nicht für den Rest Ihrer Tage
nur als gutgebügelte Hosenfalte auf der Bühne stehen.

KARL JOSEPH Also – wissen Sie – man hat schon manches
gehört –

EDNA GRUBER Entschuldigung, aber ich mußte das mal
loswerden.

KARL JOSEPH Sie: unmäßig in Ihrer Begabung, Unheil zu
stiften – die Kunst ist Ihnen das Heilige, die Natur, die
Tiere, alles ist Ihnen das Heilige – nur an einem jungen
Menschen ist Ihnen nichts heilig. Den zertreten Sie wie
andere eine Küchenschabe.

EDNA GRUBER Ich habe ihm nichts getan.

KARL JOSEPH Sie haben ihm vermutlich die größte Chance seines Lebens zerstört: einmal mit mir auf der Bühne
zu stehen – bereits in so jungen Jahren.

EDNA GRUBER Wissen Sie, was Ihnen fehlt? Ihnen fehlt
ein guter Schuß Armseligkeit. Ja, das meine ich wirklich. Sie gehen viel zu vornehm mit sich um – es fehlt
Ihnen der Mut, sich lächerlich zu machen, durch den
ein Künstler überhaupt erst Größe gewinnt.

KARL JOSEPH So. Schluß. Sie kennen den Text. Ich kenne
den Text. Zur Premiere treffen wir uns wieder.

EDNA GRUBER Aber nein, nun warten Sie doch . . .

KARL JOSEPH Was soll ich tun? Mich hinstellen und mich
entblößen? Wie hätten Sie's denn gern? Ich werde mich
von einer mannstollen Vegetarierin in die Schauspielkunst einweihen lassen, soweit kommt es noch! Was
wissen Sie von mir? Nichts. Gar nichts. Ach, ich könnte
Sie! . . . Und wie finden Sie das, wenn ich Ihre Hände
nehme am Schluß und anfange zu weinen? Haben Sie's
überhaupt bemerkt?

EDNA GRUBER Ja.

KARL JOSEPH Und? Wie finden Sie das?

EDNA GRUBER Ich finde es – ja, gut. Es geht mir eben alles
nicht weit genug.

KARL JOSEPH Aha. Nicht weit genug. Soll ich mich auf
dem Boden wälzen? Soll ich Rotz und Wasser flennen?

EDNA GRUBER Darauf kommt es nicht an. Sie gehen
innerlich nicht bis an Ihre Grenze. Sie begeben sich nie
wirklich in Gefahr. So wie jetzt, wo Sie gar nicht anders
können. Nicht das Können entscheidet – sondern das
Nicht-anders-Können, das äußerste, darauf kommt es
an. Sie geben nicht genug. Sie könnten viel mehr geben.

KARL JOSEPH Nein, wahrhaftig, ich habe nie versucht,
meine Schwächen für Genie auszugeben. Das ist mir
allerdings zuwider. Ich bin auf dem Theater groß geworden zu einer Zeit, als man noch keine Mätzchen
brauchte, um berühmt zu werden. Als das gesprochene
Wort noch König war auf der Bühne. Als der geistige
Hunger noch so groß war, daß man den leeren Bauch
darüber vergaß. Und die Menschen mit leuchtenden
Augen im ausgebombten Parkett am Boden kauerten.
Heute gibt es mehr Stühle als Hintern. Damals war es
umgekehrt. Nun ja. Seltsame Zeit, übriggeblieben zu
sein. Alle fort, die großen Damen und Herrn von der
alten Garde. Die Helden und Komödianten, alle Plätze
leer, nie wieder besetzt worden. Manchmal, stelle ich
fest, kennen mich die jungen Leute schon nicht mehr.
Oliver zum Beispiel, er wußte nicht, wer ich bin. Kannte
mich nicht. Tja, da will ein junger Mensch zum Theater
und kennt nicht mal meinen Namen. Aber so ist das
eben. Berühmt. Was heißt das schon? Persil ist berühmt,
hat der gute Wedekind gesagt. Nicht wahr, Sie machen

einen großen Fehler, Edna: Sie sind eine Lügnerin auf der Bühne.

EDNA GRUBER *läßt* KARL JOSEPH *abrupt stehen. Er setzt sich auf den Rand eines Podests. Etwas später tritt* MAX *auf, hält sich im Hintergrund.*

KARL JOSEPH Was willst du?

MAX Nichts.

KARL JOSEPH Ich habe dir doch gesagt, daß ich dich nicht mehr sehen will.

MAX Ja. Stimmt schon.

KARL JOSEPH Ich muß einen Augenblick ausruhen. Meine Augenfusseln.

MAX Eine Tasse Kaffee?

KARL JOSEPH Ja, eine Tasse Kaffee. Genau das Falsche. Wahrhaftig: falscher ginge es nicht. Ich liege nachts auf einem Krötenkissen. Unter meinem Kopf hüpfen Hunderte von Kröten hin und her. Das ist kein Schlaf, mein Junge. Sie hat keinen Blick für den Menschen, behaupte ich. Sie hat keinen Sinn für das Feinere am Menschen. Die Dame mit der Daumenkappe. Man hat sie der Vergessenheit entrissen. Genauso sieht sie aus. Aber, warte nur, in den Vorstellungen. Wenn wir erst die Vorstellungen spielen, dann laß ich sie absaufen. Dann geht sie unter wie eine bleierne Ente.

Pause

MAX Ich bin jetzt fertig. Ich wär jetzt soweit.

KARL JOSEPH Paß auf: Ich kann dir nichts schenken von mir. Du mußt es schon alleine schaffen.

MAX Nein, nein, ich habe keine Mühe mehr, ganz bestimmt nicht, ich schaffe es schon, ich habe jetzt den Bogen raus, kommt schon, keine Bange. Ich habe mir da etwas zurechtgelegt für unsere erste Szene, nämlich, also, ich komme von dort. Sie stehen hier, man könnte eben auch denken, aber, egal, lassen wir das, es herrscht ja nicht gerade Frohe Ostern zwischen ihm und mir, in dem Augenblick, nehm ich doch mal an –

KARL JOSEPH Steinberg, halt die Klappe.

MAX Na ja, so ähnlich.

KARL JOSEPH Ein Puster über der heißen Suppe, das sind Sie, jedenfalls auf der Bühne.

MAX Nur damit Sie sich die Zunge nicht verbrennen, Herr Joseph.

KARL JOSEPH Häßlich spielen Sie, Menschenskind! Häßlich und ungesund. Ohne inneren Schwung, ohne äußere Anmut. Na? Tut's weh?

MAX Nein. Schmerzt mich nicht. Schmerzt nicht. Ich bin viel gleichgültiger, als Sie denken. Ich bin wie ein kleiner Kegel auf seiner Spitze, der tanzt nach jedem Peitschenhieb . . .

KARL JOSEPH Man soll niemanden von uns der Vergessenheit entreißen. Das tut keinem gut. Maria Wessling, erinnern Sie sich? Die Wunderbare, ein Idol in den Fünfzigern, ein unvergeßliches Käthchen, ein zauberhafter Ariel damals im ›Sturm‹. Und heute? Heute lebt sie mit ihrem Mann in einer Dreieinhalbzimmerwohnung irgendwo im Kohlenpott. Völlig verarmt. Sitzt unentwegt vor ihrem Fernseher, und zwar als Testperson, sie ist eine von den tausend oder zweitausend Testpersonen, mit denen man die Einschaltquoten mißt. Ich war entsetzt, als ich sie wiedersah. Maria! Wo ist dein liebes frohes Gesicht geblieben? Die naive Freude, die Neugier, die unnützen Sorgen, die Lüsternheit, die Wärme, die ganze Fülle deiner unsäglich liebenswürdigen Schwächen? Sie war ein vollkommen unscheinbarer Mensch geworden. Und so schrecklich mager! Während ich erzählte, sang sie leise vor sich hin. Sie wollte nicht an ihr früheres Leben erinnert werden.

Er steht auf.

Tja. So ist das ganz allgemein. Der Schmerz ist einfach, das Leben konfus. Trotzdem: Kein Irrtum war umsonst, keine Träne zuviel.

MAX Sie gehen? Wir sind noch gar nicht verständigt ...

KARL JOSEPH Zuletzt verlassen der König und sein Narr die Bühne. Ordnung und Unordnung ziehen gemeinsam ab. Du verstehst?

MAX Ja ... Nein ...

KARL JOSEPH Was bleibt, Steinberg, was bleibt: ist die Abneigung.

Na, komm! Komm schon.

KARL JOSEPH *geht ab. Auf der Mauerkrone erscheint* LENA.

LENA Wir waren verabredet. Erinnerst du dich?

MAX Was galt es? Ich habe es vergessen.

LENA Ich bin wiedergekommen. Ich bin so töricht gewesen, mich an ein gegebenes Wort zu halten.

MAX Du glaubst an Worte, du handelst nach Worten, du vergißt sie nicht. Worte! Mir gesetzlos und ein Rattengewühl. Ich habe zu viele vergeben ...

LENA Du hast schnell und immer schneller gesprochen, wie jemand, der das Treppenhaus hinauf- und hinunterläuft, nur aus Unruhe.

MAX Es gab doch immerhin Gründe. Ich mußte mich verteidigen, ich mußte mich entschuldigen. Ich mußte meinen Absichten hinterher. Wir können nicht so tun, als wären wir nicht verrückt.

LENA Was würdest du sagen, wenn du noch drei Worte

hättest – und danach ist es aus. Das ganze Spiel mit Worten. Vorbei. Was würdest du sagen? Noch drei letzte Worte, an die ich mich halten könnte für die längste, stumme Zeit mit dir … ›ich liebe dich‹?

MAX Nein. Ich würde es nicht sagen. Weil mir diese Worte bedeutungslos sind. Weil ich von allen Worten enttäuscht bin. Die letzten drei Worte, wenn ich's wüßte, ich würde sie nicht aussprechen. Nicht mehr. Endlich nicht.

LENA Du weißt nicht, was du sagst. Deine Stimme liebt mich noch, aber deine Worte haben mich vergessen.

LENA *steigt hinter der Mauer ab und tritt dann neben* MAX *aus ihr heraus. Sie umarmt ihn. Über die Mauer lehnt sich die* BLINDE.

DIE BLINDE Sie tötet ihn! Sie wird ihn töten! Tut etwas! Laßt es nicht zu!

Max bricht zusammen. Dunkel. Nur ein Scheinwerfer auf dem LAUTSPRECHER.

LAUTSPRECHER/LENAS *Stimme, während sie über die Mauerkrone abgeht,* MAX' *Hemd hinter sich schleifend.* Heute waren wir wieder zusammen. Er war mir lieb wie am ersten Tag. Es war schön, ihn wiederzusehen. Ich habe mich sehr gefreut. Die Sonne ist nun doch durchgekommen. Hoffentlich bleibt es noch eine Weile schön, wenn er nun wieder weg ist –

Es wird hell. Die Bühne ist leer. Auf dem Podest steht die quaderförmige › Wasser-Vase‹ *aus der Wurfbude. Von links führt* VOLKER KARL JOSEPH *und* EDNA GRUBER *auf die Bühne.*

KARL JOSEPH In Bremen vierundsechzig oder fünfundsechzig – ich gastierte im Danton – da hatten wir einen jungen Kollegen, der ist eines Abends, also es war schon

Viertel eins, Dantons Tod, eine Viecherei, kein Bus fuhr mehr, da ist er plötzlich zur Rampe gelaufen, mitten im Text, und fragt ins Publikum hinunter, ob ihn jemand nach der Vorstellung mit nach Lesum nehmen kann. Dort hat er nämlich gewohnt, mitten im Text. Der war übergeschnappt. Auch ganz jung. Na ja. Ich komme aus dem Labor. Ich gehe mit festen Schritten auf die Vase zu. Ich hole die Kröte raus. Text, Text, Text. Und verschwinde stante pede in meinem Büro.

VOLKER Ja – nur: Wenn Sie das hier schon machen, Karl, das mit der Vase, ist es natürlich für später verschossen.

KARL JOSEPH Wenn ich das mache, Lieber, ist es auch beim achtenmal noch sehenswert, verlassen Sie sich darauf.

Der ZUSCHAUER/MAX *tritt zaghaft aus der Mauer hervor.*

ZUSCHAUER *leise* Hallo . . . Hallo!

VOLKER Wer sind Sie?

EDNA GRUBER Da bist du ja!

ZUSCHAUER Ich? Nein. Ich nicht.

EDNA GRUBER Wo warst du denn vor der Probe? Ich habe die ganze Zeit auf dich gewartet. *Zu den anderen.* Entschuldigt mich einen Augenblick, ich muß zwei Worte mit ihm sprechen –

ZUSCHAUER Nein! Ich will raus hier! Wo geht es zur Besuchergarderobe? Lassen Sie mich!

VOLKER Hinter dem Inspizientenpult, zweite Tür links. *Der* ZUSCHAUER *eilig ab.*

EDNA GRUBER Ist das die Möglichkeit! Ich kann mich doch nicht schon wieder getäuscht haben in einem Mann!

Die Garderobe schiebt sich vor die Szene. Die GARDE-

ROBENFRAU *steht mit dem Mantel des* ZUSCHAUERS *zu seinem Empfang bereit. Er tritt aus der offenen Saaltür der Dekoration.*

GARDEROBENFRAU Endlich kommen Sie! Ich glaubte schon, Sie hätten unsere Verabredung vergessen. Sie sind ja einer der letzten. Haben Sie so lange applaudiert? Hat es Ihnen schließlich doch noch gefallen?

ZUSCHAUER O nicht mehr! Bitte! Aufhören! Schluß jetzt! Ich will diese Liebesgeschichte mit Ihnen nicht erleben! Ich will nach Hause. Nicht mehr spielen! Hört denn das niemals auf?!

Hinter ihm kommt LENA *aus der Saaltür, geht an ihm vorbei.*

Lena! Hilfe! Hilf mir doch!

Er wirft Perücke, Brille und Verkleidung des ZUSCHAUERS *von sich.* Ich liebe dich! . . . Ich liebe dich! *Er umarmt sie.*

MAX Ein Alptraum. Die Hölle. Es war die Hölle . . .

LENA *nimmt ihm den Schnurrbart ab und küßt ihn.*

Laß uns etwas trinken gehen. Es wird höchste Zeit.

Sie gehen ab. Der Vorhang fällt über der Garderobe, bleibt aber zur Hälfte hängen. Man hört im Hintergrund VOLKER *auf der Probe rufen . . .*

VOLKER Max! Max! Wo bleibt denn dieser Idiot? Max! Auftritt!

Der Vorhang geht wieder in die Höhe. Die Szene ist wie zu Beginn des Stücks, nur ohne Regietisch. KARL JOSEPH *steht allein auf der Bühne.* MAX *tritt von links auf.*

MAX Herr Professor Brückner?

KARL JOSEPH *dreht sich um.* Ja – bitte?

MAX Ich weiß nicht, ob Sie sich noch an mich erinnern –

Ende

Einige Bemerkungen, die in den Texten des KARL JOSEPH vorkommen, sind in abgewandelter Form übernommen aus Will Quadfliegs Lebenserinnerungen »Wir spielen immer«. Ich verdanke dem großen Schauspieler weit mehr als diese »Zitate«.